夜深忽夢少年事

林保淳

尪仔標●武俠●留級生●藥櫃●茶室●舊情人●漫畫書

目次

輯二 從孫子到爺爺

輯三　倚天舊事

四年級生的一本，難以忽略的個人回憶錄

蔡詩萍

答應為學長林保淳的新書，寫點「做學弟」的感想後，收到書稿，方才嚇一跳！歐買尬，竟然是一本四年級生的回憶錄呢！

學長不過才花甲之年沒多久，要寫回憶錄，那不是也等於逼使我，要去正視「我自己」那一輩的人生嗎？我叫他「保淳學長」。

先是在新竹中學，應該是合唱團裡吧！他高我一級，讀了這書，才知他留了一級，否則，我未必在高中就有機會認識他。

因為，我高一，他高三的話，他理當忙著考聯考，不會有太多時間跟我一起，在合唱團裡，混啊，玩啊的。

我再次叫他「保淳學長」，是在台大了，但這回，是我晚了一級，因為，我先考上別的大學，待了半學期，心情始終走不出沒考好的鬱悶，於是休學回家，自己關起門讀書，重考，才擠進了台大。

所以他是高中多留一年，我是大學晚進一年，學長學弟，際遇不同，都在人生的舞台上，進階過程中，停頓了一年，想想也有趣吧！合該我要替學長的新書，寫點什麼，否則，枉為我們高中、大學，都是學長學弟關係。

看這本書，毫無疑問，讀者會了解，我跟保淳學長，是同一個世代的孩子，也是同一個時代的產物。

他在書裡，提到在他故鄉新竹市，生活路徑的範圍，我有人生際遇上的熟悉感，也有自己成長脈絡的熟悉感。

保淳學長不是眷村小孩，卻因緣際會，在地緣上靠近眷村，而有了與眷村小孩的種種摩擦與情誼。

我是眷村小孩，我是在與村子外的閩南、客家小孩的衝突與摩擦中，建立我自己的世界觀、族群觀的。

讀了保淳學長的書，我才更容易從「他」的角度，看待自己當年的模樣，也從「他」的視角，重新回顧了我小學、國中時期的族群樣態。

我是去竹中念書的，而保淳學長則是道道地地的新竹小孩。

我常說，新竹中學是我人生非常關鍵的時期。我後來迄今，某種性格上的反骨，對自己立身處世，某種「與世界鑾不融洽」的堅持，其實都是在竹中階段，啟蒙，發芽的。

讀了保淳學長的回憶錄，我才真正理解，「新竹高中」在「辛志平校長時期」，所累積下來的，讓一個青春期男孩，自由摸索，奮力前進的文化，原來是那麼樣的關鍵而重要！

讀保淳學長更為細膩的回憶，我的確又重新回到了往昔，穿著制服，戴著大盤帽，背著沉沉書包，滿臉青春卻不無苦悶的歲月。

我們都是那樣長大的，我跟保淳學長，就是。

讀其書，可以想見其人，讀保淳學長的新書，我幾乎可以想見他，為何可以克服身體的缺陷，一路無礙於他追求人生的目標。

連這本回憶錄，都是那麼有條有理的，敘述著，論證著，他所面對的一切：初戀情結，青春焦躁，知識啟蒙，情感花園，學院路徑，對台灣對世界的理解分析，無一不見證了保淳學長與我非常不一樣的人生態度。

我邊讀邊想，我若有他一半的認真，一半的執著，也許，我也有很不一樣的現在吧！

我很早便知悉保淳學長對武俠世界的探索。

這段追憶，我讀得津津有味。

「俠」的世界，是一種隱喻，是對人類文明進入秩序，進入無可奈何之規矩的，一種反抗的嚮往。

我們這一輩的孩子，在威權體制，在雙親保守的教養下，武俠小說是我們被拘束的靈魂，最好的逸脫。

我小一時，念的是眷村小孩為主體的小學，中午的營養午餐，一定有一顆饅頭，或一碗白飯，如果是輪到吃饅頭的話，我通常都暗暗收起來，因為學校門口外的租書店老闆，會「收購」我們的饅頭，讓我們交換兩本漫畫書，或封了書皮的武俠小說，甚至可以交換一支冰棒！直到，我被「蔡母三遷」，被轉學到本省小孩居多的另一所小學！讀保淳學長的回憶錄，我一方面對比了我自己的武俠小說啟蒙記憶，另方面則不禁暗暗激賞，學長竟然能化年少之回憶，成為堂堂學術殿堂上的一篇篇論文，乃至於專業的著作！

台灣的歷史，就是移民史。

台灣的歷史，也是一群群不同世代，層層累積，向上挑戰質疑，也不免要被下一代挑戰質疑的論述轉移，個人的小歷史，難以逃脫大時代的影響，然而，大時代的記述，又何嘗不需要小小個人的記憶補充呢！

我很喜歡保淳學長這本「言之有物」、「扎實蒼勁」的個人回憶小傳，它見證了一位很具個性的新竹人的成長史，也必然是台灣世代傳承中，四年級生的一頁歷史見證。

＊本文作者蔡詩萍先生，是一個政治學的科班生，一個文學的寫作人，一個藝術的愛好與評論者。拿過中國文藝獎章（散文類）和廣播金鐘獎（教育文化類），著作等身。

推薦序

回首入夢——記林保淳《夜深忽夢少年事》文集問世

李宗舜

那年一身深褐色外套
披著冷風吹哨的冬季
張望著臉，眼神祈盼
群聚的風聲和雨聲
落腳在椰林大道前

我們曾經腳踏濕地
雨季把水花濺起
在一處暢遊的勝地
用海水倒灌貝殼的足跡

一篇風雨的朗誦
歌聲像河川巡守
身上血液奔流

在深得化不開的雲霧中
你撥開雲霧
選擇一條曲線道路
教室鐘聲響起時
你吐納滋潤的肌膚
吸收真氣，江湖遙遠
授課門生武林祕方
近一甲子語音
在你身上雲淡風輕
當歲月老去
音容老去
不想成為落寞的晚雲

可能被放逐的歡樂
潛藏在心裡

唯不曾告別晚雲的
就在深秋時節
我們再度相逢
話題圍繞溫柔的星光
詩賦裡翻滾的江河夜雨
腳步烙印在沙灘上
風和日麗，夜景的朗讀聲
即席示範，向繆思靠攏
燈光傳遞著往昔的夜火
豪情萬丈，變成川流不息
冬季成就不眠之夜，牽動
一個璀璨的夜空，翻騰著
一群人昂然高歌，饗宴過後

舞步飄揚成星辰
繆思花卉的天空
穿梭長空萬里，蔚藍
停留在時間的波濤
似曾群星伴月，船舷琴音
奔騰著銀光閃閃的水色
裝載著一長串故事
故事描繪給風雨聽的
許多神奇

慷慨高歌向臉部
攝入高清鏡像
我們以岩石鏗鏘擁抱
青春向老去年華告別
留住瞬間美景
瞬間的嘆息

而不甘於平凡的
必將在流水的嘆息中
找到歲月的
不平凡事跡：
「夜深忽夢少年事
夢啼妝淚紅闌干」
書寫文字深度，刻印著
大海的胸坎，燈塔再現
從島上透納第一縷陽光
照耀風骨，那明鏡
從來處出發到去留肝膽
一抹冷笑就抹去
你身上的汙垢
洪水滔滔淹沒不了
苦讀的書卷，長長的

從不屈求的人間煙火
留存在手心，溫熱恆在
逐漸蔓延至心坎
熊熊燃燒的烈焰

這是誰的烈焰
給自己再度燃亮
當歲月抓住寒冰的手
快速持續保溫
我們皆已老去，掩卷長嘆
讀著少年心事如讀著
年少往事，記錄回首入夢
可以長夜編織意象
如影隨形，如痴如狂
一盞燈亮起，一束玫瑰凋零
竊取失去童真的清夢

向少年回首入夢致敬
向雨打芭蕉的往昔致敬

二〇二一年十月十三日梅多公寓

＊本文作者李宗舜先生，原名李鐘順，易名李宗舜，另有筆名孤鴻及黃昏星，祖籍廣東揭陽。一九五四年生於馬來西亞。一九七六赴台，曾就讀政大中文系。一九七六年與溫瑞安、方娥真、周清嘯、廖雁平等創立神州詩社，任副社長。現任馬來西亞天狼星詩社常務副社長。著有：《笨珍海岸》、《風夜趕路》、《十月涼風》等書。

保住了淳真也就保住了美好

——讀林保淳《夜深忽夢少年事》有感

蕭蕭

中文學界、學子的印象裡，林保淳是心中秉持著一把正義的劍，談道說儒，縱橫天下；或者，更具體的，手上揮舞著一把無形的劍，仗義而言說，形象鮮明，走跳江湖，總有四十多年的歷史了吧！這樣的印象。

最近接讀他的《夜深忽夢少年事》，他竟從他自己的劍俠夢中走了出來，虎虎有風（不完全是新竹多風），走進了半世紀前的台灣現實，新竹光復路的四號橋邊，「橋井永生香」的「健生」藥房，是夢嗎？他借用古人的詩句「夜深忽夢少年事」，肯認是劍俠夢裡的夢中之夢，而且是「忽」夢，我倒覺得不是「忽夢」，而是日有所思所以夜有所夢的那種縈迴不去的記掛，是他一輩子劍俠夢的原始胚胎，心理學界所論述的「原型」，值得在他初老的時候，與他一起回顧少年時代的劍俠夢如何孵化成形！

〈打工賺錢〉是他「少年事」中最積極介入生活的寫照，顯現客家人的硬頸，真正台灣人的生命韌力。一個行動艱難的大學生、研究生，又賣書、又賣涼椅、又擺攤、又校對，那種「積極」、「介入」的生命態度，就是劍俠精神，《史記》遊俠列傳或刺客列傳的遺風，要在生活的岩縫中尋找滋潤的水滴。相對於林保淳，我的少年時代，更貧窮落後的中部鄉村，三分薄田的耕農子弟，大學打工生涯卻只是清掃教室、整理校地，無劍無俠，慚愧少了拚搏爭鬥的熱血、義氣。

再如語言，本來就是溝通的媒介，林保淳不僅會台灣通行的四種腔調客家話、閩南語，太太香港人的香港話，神州詩社同仁的馬來西亞話，也習得台灣眷村的異腔異調國語，這種對語言的尊重就是對生命的尊重，不以單一的語言作為個人沙文主義的核心，多元台灣逐漸失去這種耐性，林保淳的少年事還記掛這種淳真的尊重。

俠，大節不移易，細節不疏略，《夜深忽夢少年事》即使在撲滿、漫畫、尪仔標、抽抽樂的細節上，也不輕忽，是記憶的刻度深，還是真情的專注度強？或許兩者都是吧！

《夜深忽夢少年事》是少年林保淳的個人回憶錄，卻也是台灣二十世紀中期的歷史縮影，台灣俠義之心的自然顯現！基於此，我們期待稍晚的中壯年林保淳，再現江湖，寶劍在鞘外振振有聲。

二〇二一年十二月八日

*本文作者蕭蕭先生是詩人、作家，曾任明道大學人文學院院長。一九八五年以散文集《太陽神的女兒》獲得「金鼎獎」（優良圖書獎），二〇二一年榮獲吳三連獎（新詩類文學獎）。

自序

我是懷著「作家夢」讀中文系的，也幾度黽勉不懈，大作過這個不切實際的夢。刊登過幾篇詩文，獲得過幾個小獎，但卻深知，才分不足，終是難以圓成的，最後只能遁逃於學術，作了文藝界的逃兵。儘管偶爾仍會提筆操觚，藉詩文略抒胸臆，卻早已慧劍青鋒，揮別了「作家」這頂桂冠。

作家於我何有哉？那像是高懸於天際，閃閃爍爍，卻攀摘不得的星子，只能憑空臆想而已。不過，在嘗試築夢、追夢的過程中，卻還是別有收穫的。學究這條路，最忌諱的就是文字詰屈聱牙，讓人難以卒讀，我幸而能夠不誤蹈此一禁區，文從字順而意暢，未嘗不是受惠於這個階段的磨礪。這時候，我不得不感謝，在我仍然深陷於「作文」的陷阱中，難以自拔的時候，是當初「神州詩社」的儕友，以對文藝的滿腔熱忱，極盡其鼓勵、刺激、指正之能事地開啟了我的竅門，讓我了解到什麼才是「文章」。金針度人，沉痾能起，這應是何等的功德？

當然，針砭那一剎那，不但有痛楚，而且也有開示，我也知道，自己是距離「作家」這兩字越來越遠了。撤下黃昏時詩人懸掛的那盞燈，我在故紙堆中、武俠情裡，在我的江湖世界，另燃起一根燭。我不知道這根蠟燭能有多少光度，但至少也照亮了我生命中的一隅。劍氣書香，未能兼得，簫聲劍影，舞著舞著，卻也是酣暢而淋漓。我不能作趕赴長安在雁塔題詩的士子，卻作了埋首燭下爬梳經典的學究，一失就有一得，人生就是如是的奇妙。

但這個夢卻還是清晰分明的。當學究已老，絳帳寂寥的時候，案頭經卷，卻不知為何突然間若有似無起來。句讀古文，擬想古今俠者，而書帙層疊、寶劍生塵，卻也自知江湖已不是我這鏽劍老馬可以叱吒的所在了。當年往事，不經意間，就毫末畢現地浮映出來。少女情懷是詩，中年心事如酒，老年心境，則是一個緊接一個的如煙舊夢。

我想起童年時的歡樂，想起青少年時的困頓，想起當年舊友，想起陳年故事，我是潯陽江頭船中的琵琶，聲聲奏起如歌的行板，「夜深忽夢少年事」，那正是我曾經一步一腳印，難以忘記的行跡。既是難忘，就不妨記下，所以我寫，所以我記，終始如環，我又回到了從前作夢的情境。

我的過去的日子，常自覺是突梯而又滑稽的，荒唐的事做過不少，正經的事反倒不多。我以今日的老眼，看我昨日的花心，自評自批，倒也頗有點評經籍的快意。我一路走過，最感念的，既是當年的自己，更是當年與我共玩樂、共教學、共砥礪、共歌哭的師長、友伴、情人，有笑有淚，有欣喜，有悵惘，有紀念，迤迤邐邐，我寫，我記，這也是我迤迤邐邐的一生的側寫。

知我者，相信不會是我的學術成果；罪我者，更不應當會是這本小冊子。其實，不管是要罪我、知我，我都是這樣「曾經」走過了，事非經過不知難，「曾經」才是最重要的。

早年有夢，晚年還會有嗎？經過了一段歲月的洗滌沖刷，舊夢是依舊，還是會煥然而一新？我不知道，也無心探究。但是，非常感謝九歌出版社，很多很多年前，九歌所出的《閃亮的生命》，是我所寫文章首度被印成紙本的，今朝首次集結，又回到九歌，對我是深具意義的。總編陳素芳，是我大學同班同學，也是神州舊友，蒙她不棄，此書才有面世的機會。

我商請了舊友蔡詩萍、李宗舜為本書寫序。蔡詩萍是我竹中與台大學弟，在新聞、藝文界早已聲名卓著，由他領銜，料能沾光不少；李宗舜就是黃昏時天空中的那顆星星，是我入神州的啟蒙者之一，名聞遐邇的大馬詩人，他以詩代序，寫了百行，更讓我這本小冊子多了幾分別開生面的意趣。此外，名作家蕭蕭，雖晤面機會不多，而惺惺惜惺惺，序文幅短而情摯，更是倍覺榮寵，在此都是要致上深厚的謝意的。

《夜深忽夢少年事》，夜深了，夢醒未？突然想起譚詠麟所唱的〈半夢半醒之間〉，又想到《莊子》裡「夢蝶」的故事，其實，世事一場大夢，舊夢、新夢、真夢、非夢，都無所謂，最重要的是，我還有夢。

歲在辛丑，仲秋，林保淳序於木柵說劍齋

引子

年過花甲，走過兩萬多個日子，也許是壯志蒿萊，金劍早已沉埋，已不太會去憧憬、奢望未來會有怎樣的日子，反正安時處順，不忮不求，無論路還有多長，總是會有個終站，人走茶涼，塵俗種種，也都沒有什麼可以計較的了。但當前途已勘破、看淡之際，偶然回首，卻往往忍不住對歷歷如在目前的舊時來路，多所感嘆，多所懷念。尤其是少年情事，思起想起，連自己都不免多情、感動起來。

當然這不會是那種夢啼妝淚紅闌干式的悲怨，儘管仍免不了有些年華褪去的傷感，但更多的是對過往的珍惜與憶念。來時路走得不易，念去去，楚天遼闊，也還是要一路珍惜。

輯一　家在四號橋邊住

父親的藥鋪

前些日子，再度夢見了父親。三年多來，父親不時出現在我夢中，依然是我印象中的形容，嚴肅而沉穩，舉止動作亦宛如生前。只不過，總是多了幾分教人心痛的蕭索與落寞。這並不是父親慣有的表情，儘管我常覺得父親是有點生不逢辰，抓不住他應屬的時代；可是，一生操勞忙碌慣了的他，是沒有時間去落寞蕭索的。這點，往往使我自夢中驚醒，恍然又見他孤獨地窩在客廳的沙發椅上，然後，沉沉睡去。

「生不逢辰」容易讓人聯想到抑鬱文人的懷才不遇，父親倒不屬於這類型的人物。祖父原是務農的，新竹林氏家族儘管曾經風光過，前清時代也出了些文武舉人，畢竟不是顯赫世家，到祖父這一代，連僅有的風光也中道失落，父親又成長於日據時代，求名問學之事，更不消說了。我只記得父親有一紙東京某醫藥專科的畢業證書，也不知是真的假的，而這正是他「生不逢辰」的根源。

當醫生普濟眾生，是父親一生的志業。父親開了三十年的藥鋪，始終掛著上聯「健身有術國醫志」，下聯「生世無涯仁士心」，橫聯「橘井永生香」的對聯，也不知是哪位名人題對的。每逢過年，他最記掛的事，就是教四哥重新寫幅翰墨淋漓的新聯，並在那久經風霜的「健生」招牌上，一層一層地塗上新漆。小時候，我不懂父親何以如此偏好這幅對聯，眼見左鄰右舍的聯子，日新又日新，總不免有點嘀咕。父親總是不耐煩，理都不肯理，只自顧著喜孜孜地端詳著那幅字跡。我想，當時的父親，應是相當自豪的。

父親是應該自豪的，一爿小小的藥鋪，竟能支撐起九個子女的家計，而且其中兩個還患了當時視同絕症的小兒痲痺症，這該多艱辛！那爿藥鋪，座落在埔頂四號橋旁邊，原先是賃居的，後來租下地皮，蓋起房舍，成了我們一家十幾口二十年的老家，而今肚腹上橫跨著高速公路，一任往來車輸輾壓而過，每當經過這裡，連記憶都似乎經了層提煉般的，就宛如鐵船輾過的藥末，儘管紛紛屑屑，卻瑩亮剔透。

父親經營藥鋪，在起初的時候，收入算是好的。每天清晨，只見到鋪前的長條凳上坐滿了等待抓藥看病的顧客，父親一把秤在手，東抓西拈，熟練地自藥櫃中取出各式藥材，然後切片、研末、分量，最後裝成一個個的小包，忙忙碌碌地，就是在寒冬的天氣，也還可以隱隱見到他額際閃閃發光的汗漬。收來的錢，大多是五毛、一塊的小數目，但積少成多，我們這些嗷嗷待哺的子女，也才能在汗水的滋潤下，從幼苗滋長成綠蔭濃密的大樹。

那時的中藥業者，大都兼職作醫生，尤其是在鄉下，醫療人力奇缺，父親懂得把脈開方，又能兼施西藥，打針看病，「林先生」很快地就成為方圓數十里內的知名人士，連學校注射預防針，都會找父親幫忙。父親絕對不是什麼樂善好施、熱心公益的人，畢竟，他也沒有能力去做，可是，他嘀嘀咕咕的，還是去了，原因是卻不過「人情」。父親是最重人情的，只要是見過一次面的顧客，說賒帳就賒帳，而且一賒就從年頭賒到年尾。小時候，每逢過年，父親就會拿出那一大疊的帳簿，多是陳年的了，吩咐幾個哥哥挨家挨戶去收帳。哥哥們總是不太情願的，跋山涉水不說，往往還要厚著面皮，苦苦哀求，簡直比欠債還難受，而人去樓空，徒勞往返的，也是家常便飯。好幾次，哥哥們都勸父親一律收現，父親總是不聽，許多帳目，到父親藥鋪歇業後，連字跡都看不太清楚了，還陳年堆疊在那，未加清償。父親是很在意的，因為他一直強調，什麼債都可以欠，唯獨病債不能欠，因此，他往往會怒形於色，憤口而罵。只是，當時普遍貧窮，父親也知道是催逼不來的，罵幾聲，就算是本利皆清了罷！到後來，這些債項，也沒有收取的必要了，物價指數一直攀升，幾十元的數目，誰還耐煩去收取？可父親還一直保留著這疊帳目，至少，其中密密麻麻的人名串子，會讓他感到不虛此生此志。

父親執壺的生涯是繁忙而無趣的，白天忙碌不說，就是夜裡也無法休息。從小，我與父親同睡，幾次目睹父親如何在風狂雨驟的夜裡，被陣陣急遽的敲門聲驚醒，無奈地離開溫暖的被窩，提起藥箱、穿上雨衣、牽出鐵馬，冒著雨勢，奔往漆黑的道路。父親猛力地踩著腳踏車，車前燈射出一道強烈的光線，穿過雨幕，照向不知名的地方。父親身材略矮，但是，我總覺得這時刻的父親才是真正偉岸的。我有時候會徹夜擔心，一直守候著那束燈光照向我家。不過，我不喜歡這樣形象的父親，看到他渾身淋漓濕透的身影，我會覺得：一個人真的要這樣犧牲自己？從小，我就厭惡醫師生涯，尤其是自己從小多災多難，一見到所謂的醫師，就要打針吃藥、推拿扭捏，著實吃盡了苦頭，所以在從前的作文簿上，儘管上從蔣總統，下至軍人，寫過不知多少志願，卻從來不提醫師這名詞。父親是希望我或是三哥能接他衣缽的，而我卻一早就有了成見，這難免教父親大失所望。考大學時，我將乙組志願單交給父親過目，他看都不看一眼，連圖章都是我自己偷蓋上去的。想來父親定然是感到遺憾的，這遺憾不僅關乎他是否有傳人承繼衣缽，更代表了他一生志業的挫敗。

父親一生之中，醫治過不知凡幾的病人，許多疑難雜症，父親往往能夠妙手回春；但他面對著我與小弟的小兒痲痺，以及祖母、母親的癌症時，卻束手無策。母親過世時，父親最恨的就是自己的醫師身分，連自己最親愛的妻子都無法挽救回來，這種醫生還當來作什麼？不過，這切身的深痛，並未讓父親質疑自己的能力，那時候起，父親異常用功，一本本厚厚的解剖學醫書，都教他給翻爛了，他曾經充滿信心地對我說，他

父親的健生藥房

父親與母親

要發明出一種能治癌症的藥，徹底擊潰癌症！父親當然未能完成他的理想，不過，這分信念，卻使他在中饋乏主的悲傷中，重新偉岸地站立起來。藥鋪依然打理得井井有條。

父親真正感到志業的挫敗，是因為突然間多了個「密醫」的頭銜。父親永遠無法明白，為什麼他行醫了十幾年，從來沒有出任何差錯，居然會變成違法的密醫？這使得父親對現有的體制大為不滿，他會指著那紙畢業證書，充滿嚮往地告訴我：「若是在日本時代……」父親永遠不說「日據」二字，因為他直覺得就以為自己應該是日本人，而且，日本時代的一切，無論怎麼比，都比現在好得多。他的「日本情結」是很深濃的，我經常和他爭辯，他總是不理會我的說法，仰起頭，自顧自地望向他那遙遠而燦爛的舊時代。父親是絕對不肯向現世屈服的，一方面是為了維持家庭的生計，一方面也卻不過顧客的情面，他半公開地繼續營業了好幾年。那時候，家中不時有一些衛生局的不速之客到訪，東摸西看的，全家人都為他捏了把冷汗。父親老神在在的，不屑地說：「還不是來要錢的？給他就是了。」父親是一直平安無事的，這卻也使他越發緬懷起他那個清廉的舊時代。在那個偷隻雞都要斬斷一隻手的時代，儘管日子是比較艱苦，但起碼他會受到尊重；而今用金錢賄賂換得平安，卻是以否定自己為代價。父親開始覺得他被整個社會體制打敗了，他一生的志業，至此居然變成犯法的勾當，他連整個信念都一起賄略掉了。

父親真正是與這個時代格格不入的，這個時代的人，必須精於盤算，而父親恰巧在這方面一竅不通。父親對錢財出入，雖然筆筆皆有記載，但只是一味省儉而已，從來不曉得如何利用金錢，所以家中始終沒有任何產業，唯一的房子被拆之後，不但原有的藥鋪必須遷徙，連一家人都必須分居了。父親頂著那爿藥鋪，走到哪開到哪，一遷再遷三遷，原有的顧客早流失了，而且又面臨到雨後春筍式的同業競爭，原來遠近馳名的「健生」金字招牌，逐漸褪色，最後只能蜷曲在一條小小的巷弄之間。那時我正上大學，過年時回家，只見鋪內的草藥盒東零西散，已是殘殘破破了，那張不知坐過多少人的長條凳，孤寂地任由灰塵灑上厚厚的一層，父親落寞地坐在藥櫃後面，懶懶散散地翻閱著一本薄薄的帳本，本子雖然已是陳年的了，但所開列的收支，卻僅有寥寥數張紙，昏暗的燈光下，父親突然讓我覺得老了很多。我輕聲勸告父親：「歇了罷？」父親瞪了我一眼，似欲發怒，突然間又忍縮回去，默默合起了帳本。

藥鋪歇了，不但父親從此惘然若失，經常失魂落魄地，滿頭的黑髮雖然依舊光可鑑人，但志氣難伸的抑鬱，壓迫得他整個背脊都有點彎曲了，歲月開始在他身上無情地流淌，寫下蒼老的字樣；而且，這爿藥鋪的停歇，也教我滿懷悲愴。從我識字伊始，除了自己的名字外，最先學得的就是「健生」這兩個字，我一大半的學字經驗，也是自父親藥櫃中一盒盒標識著草藥名的中藥而來的。父親在閒暇的時候，會考我識字的成績，隨口說出一種藥名，要我在數百盒的草藥中指認出來。我對中文字的敏感，以及如今雖未能做成醫師，卻到底與「師」字結緣，想來就是這爿藥鋪所賜的。可惜的是，父親當初沒有教我辨識藥性、藥理，否則我真願努力走上醫師這條路也說不定。

父親實在是不願就此結束藥鋪的，但拗不過家人的遊說，更扭轉不過整個時流的趨勢，可他始終是耿耿於懷的。就在他過世前幾個月，還痛罵我們這些子女不孝，無端端就教他歇了他那命根子似的藥鋪。最後的幾年，我接他到台北同住，這些牢騷，不知聽了多少遍，有時候，還真不知道家人的決定到底是對還是錯。晚年的他，似乎僅有蕭索落寞四個字可以形容。他一人留在家中，親朋俱無，一生忙碌慣了，不但賭博、喝酒任何不良嗜好都不曾沾惹，菸在十年前戒了，連養魚蒔花、打拳下棋等興致，也都缺缺。我請他看了一場二十年來第一次的電影，散場後，不過淡淡說了一句：都是騙人的。唯一與他還能搭得上邊，能讓他稍釋寂寞的，只有一些簡單的英文讀本，也許，父親是想在他一生的最後幾年，發奮一圓他畢生的志業罷？不諳英文的父親，幾次都在檢定考試上栽了跟頭。

然而，年紀畢竟大了，看著看著，他會恍恍惚惚起來，我放學回家，從外透過一層紗門望進去，每每見到他疲倦地瞌睡在沙發上，身影落寞而蕭索，就和夢中所見的形像一般。當時我真的覺得，那爿藥鋪，實在是不應該停歇的。

父親過世，事先也沒有留下任何話語，就這樣賫志而歿了。幾次回新竹家鄉，經過舊址，只見來來往往的，盡是車水馬龍，昔日的一切人事，早已風流雲散了。我想，大概沒有人會記得在埔頂曾經有個四號橋，更不會有人記得橋邊曾有個健生藥房，以及始終在藥櫃後面忙得團團轉的「林先生」。

可是，我知道，我永遠不會忘記，我的子孫也不會。

打工賺錢

現在的大學生喜歡「打工」，「打工」竟儼然成為大學必修課程之一，是利是弊，眾議紛紜。其實，我是從小就開始「打工」的。

父親是開小藥鋪的，在當時雖不屬清寒家庭，但上要供養祖母，下要撫養九個孩子，也還是有點捉襟見肘的。因此母親也不能不兼作一些家庭手工，以縫製粗糙的內褲、手袖、嬰幼兒小衣，補貼家計。母親還是懂點小手藝的，家裡買了一台勝家牌的縫紉機，踩著、縫著，滴滴噠噠的聲音，總不時響起，我就在她旁邊讀書，如今想起，還有幾分蔣士銓〈鳴機夜課圖記〉的況味。有一度甚至開起了柑仔店，賣零食、水果，但不到一年，就因沒有營業執照被勒令關閉了。

母親當時常被戲稱「賣衣服的」，通常是上午在菜市場擺攤，下午就在周遭十里的村厝行賣，她往往是背上背著一個白色的大包袱，手裡挽著一個客家花布的小包袱，裡面裝著衣物、針線、鬆緊帶，一步跨一步地巡梭於里巷之間。父母親有客家人節儉的傳統美德，能不花錢處，就是不花錢，家有後院，種菜種竹、養雞鴨鵝，一家子生活也算平穩和樂。父親省儉的程度，是很驚人的，家裡有一個小間，堆放了許多父親認為總是可以用得上的舊物，以備不時之需。我的第一輛手搖三輪車，就是父親用這些舊物拆拆解解、拼拼湊湊完成的。

我印象最深的是，在我開始教書後，接父親到台北同住，替他整理用物時，竟發現一條已經磨損到可以透光了的毛巾，他還是捨不得丟棄，是經我再三勸喻，才不得已換了條新的。父親走了以後，檢點遺物，發現一個舊的菸灰缸，是鉛製的，從一個報廢的馬達上切割下來的。這個菸灰缸，他應該用了有四十年以上。父親是別無所好的，就是愛吸菸，小時候，他常叫我去買菸，從新樂園、金馬、雙喜，到長壽，一根根燃起，又一根根捺熄，菸光生滅，周而復始，一生的勞瘁就盡落在這小小的菸灰缸裡。我十分珍惜地將它收藏在家，每一看見，就想起當年替父親買菸的日子。

家中是不太有餘錢的，給我的零用錢，就是一天一角，剛夠我買兩顆水果糖，一根兩毛的冰棒，還常要跟同伴合買，你一口、我一口分著吃。小時候是最羨慕有錢人家的小孩的，所以從小就很懂得盤算「生意經」，經常想方設法去「賺錢」。一般人都會掩鼻而過的垃圾堆，是我最常去「生財」的地方，裡面破銅爛鐵、塑膠瓶罐，都是可以到收廢品的「あきびん」去換錢的。剝花生也是常做的，一把把連根帶土、結實累累的花生串，用手工一顆一顆剝摘而下，一簍可以換到一斤，或換現金二角，剝到手指頭都破爛了。在台灣經濟開始起飛的時候，聖誕燈泡代工，是家庭主要的手工業，我曾在暑假的時候，到燈泡廠打工，但只做了兩天，眼睛就被玻璃弄傷，領了二十元工資，就打道回府。後來，索性就去接聖誕燈串的工作回家，從綁線、穿絲、黏片、插燈到一整串完工，工資二元，賺得辛苦，卻也算小有進帳。我從國中到高中，租漫畫、武俠的錢，就是從這來的。

家境既不富裕，兄姐多半只讀到初、高中，就開始就業賺錢了，二哥是師專畢業，只有我和三哥讀了大學，拿了博士。父親並沒有窮到沒法讓小孩升學，而是這些兄姐都能體諒父母的辛勞，寧可早點出社會工作，以幫補家計，連三哥讀師大，也還是要當家教貼補。

我上大學，前一年半是父親供應學費和食宿之需的，後來實在不忍心讓父親再有太大的負擔，就決定靠自己的力量去掙錢——打工，不過父親還是為了我在台大行走方便，除了剛進大學新製的手搖三輪車外，大三時還特地為我打造了我的第一部三輪摩托車。

當時「打工」，很少有人是僅僅靠著出賣體力或時間的。台大的學生，在當時是憑藉著優秀的成績考上的，社會上普遍相信他們的知識與能力，因此，「家教」就是最流行的打工方式，坊間更是如春筍般成立了許多媒介家教的家教中心。中文系的學生，數理化學是不行的，我英文又不行，便只好教作文，一週二個小時，一個月實得一千二百元，還算是不菲的收入。我是最不擅長教小朋友的，因此成效不彰，只教了一個學期，就必須另尋他途。

大二的時候，一個在出版社任職的學長找上我，請我在系裡傳賣各類文史書籍，除了可以獲贈一本外，還可以有10％的佣金，這對我來說，簡直是天大的喜訊，因此就開始了我長達數年的「賣書」生涯，直到讀博士班，還在作這樣的「生意」。

為了增加收入，我到各文史出版社毛遂自薦，自告奮勇替他們賣書。在那個年代，買書、讀書的風氣還是鼎盛的，尤其是所謂的「禁書」，如民初著名的「附匪」作家、學者的文史書籍，簡直是大家趨之若鶩的，我又很有說服力，因此由我經手的違禁之書，多到難以勝數，我也樂此不疲，幾近當成一種志業在經營了，收入也大概可以抵上一半的日常開銷。

「賣書」讓我結識了許多朋友，當時在台大、師大周遭以小貨卡車「擺攤」的盜印商，幾乎每一個都跟我有相當不錯的交情。這是「奇貨可居」的時代，只要手中擁有幾本罕見的禁書，就會有人找上門，以高價收購。我是博二時結婚的，妻子是香港人，我可以用「探親」的名義到香港「搜書」，然後想方設法遮蔽、掩藏，通過海關嚴密的檢查後，就可以高價讓售。後來坊間流傳的禁書，我是貢獻不少的。

這樣賣書，風險是很高的。一來家藏禁書，會引致「為匪宣傳」的罪名，八〇年著名的神州詩人溫瑞安，就是因為社裡有巴金的《家春秋》，而遭到羈押禁見、驅逐出境。我聽聞這消息，可是惶恐到了極點，因為我在宿舍裡的這些禁書，足足可以被安上數十次的罪名。

一來是海關稽查極嚴，一旦查出，就是徑予沒收，往往會血本無歸。海關查緝禁書的關員，向來是不管三七二十一的，只要是簡體字、書名有疑義，不由分說，是必定加以扣押的。當時還流傳過不少查禁的笑話。一個外國歸來的旅客，帶了馬克思．韋伯的書過關，被關員認定這是宣傳共產主義的禁書，就予以查扣。這人不服氣，說這個人不是宣傳共產主義的馬克思，但關員卻執拗地認定，「反正都叫馬克思，一定有親戚關係」，還是徑行查扣了。又有一次，一位旅客，帶了一本《毛詩》，也被妄判成「毛澤東的詩」，而遭到查扣的命運。

我的書，照例也是會被查扣的，但我都是心理已有準備，在顯眼的地方，置放幾本犧牲品，而將真的想攜入的書夾藏在皮箱底，有時候，還是可以僥倖蒙混過關的。那個時候，我是家藏禁書之多出了名的，許多學界的朋友，常要到我家來「參觀」，我與死黨陳廖安的結識，就是緣於禁書。

特別值得一提的是，里仁書局的徐秀榮，現在著名的紅學專家，當時初創九思出版社，也不知如何打聽到我的訊息，拎了兩大捆的書，就闖到我宿舍，要我幫他賣書。他是我新竹中學的學長，基於學長情分，自是義不容辭，更何況，他慷慨地贈送了我二十多本書，愛書如我，當然是禁不起這個誘惑的。而有此一因緣，我們就訂下了至今仍然深固的四十多年老交情。

除了賣書，我也開始接一些書籍校對的工作，這也是我很樂於從事的「打工」。校對是相當辛苦的，必須一字一句相互比對，才能避免過多的錯字，因此，每校一本書，就等如細讀了一本書，校一頁，有十元收入，讀書還能賺錢，這可真是「書中自有黃金屋」了。

賣書固然能使我的經濟情況獲得某種程度的改善，但明顯還是不足的，寒暑假的時候，更是無法支應。於是，我就開始「擺攤」。大一、大二寒假，回到新竹過年，我和一個高中同學趁著過年，就做起了「擺攤」的生意，從襪子、衣服，賣到皮包。我發覺自己還是很會做生意的，朋友的弟弟賣皮包，一個七十元，當街叫賣了半天，連一個都賣不出去。問道於我，我就教他，你就賣兩個一百五十元。他原先不可置信，那不是更貴？但我非常篤定，因為貪小便宜的人，所在皆有，結果沒多久，居然銷售一空，害他對我佩服得不得了。

我也在公館擺攤過，和系上的一位同學合作賣涼椅。當時擺攤最辛苦的就是要躲警察，每遇到警察臨檢，就看到一堆小販雞飛狗跳、狼奔豕突地滿街亂竄，我可是沒那本事逃跑的。我想到一個計策，帶著一個小板凳坐在紅磚道上，攤開涼椅，逢人叫賣，遠遠看到警察來了，同學折起涼椅就跑，我就一臉無辜狀地坐著不動。警察其實是早已看到了，但無憑無據，也奈何不了我，難道我走累了坐下來休息也犯法嗎？我可是帶了台大的學生證呢！不過，擺賣生意竟擺到學校旁邊，也怕遇見師長，被師長看到，免不了就要被訓斥一番，再加上查覈太嚴，不免疲於奔命，所以只經營了三天，就關門打烊了。總計三天，共賣出一張涼椅，說來好笑，竟然是賣給大一時的國父思想老師。

我的大學、研究生的生涯，大抵就是這樣度過的，有點煩累，有點緊張，也有點刺激，收入自然是有的，但還是入不敷出，多虧了當時在台北教書的三哥，偶爾接濟；更多蒙宿舍的同學，偶爾可以商借，還不至於枵腹就學。寫文章投稿，不知能不能也算「打工」之一，我文筆不算太差，儘管投三大報從來沒被刊登過，但學校裡的刊物，倒是常有我的詩歌與散文。當時我已經不想做「文藝青年」了，寫文都為稻粱謀，其實也和打工差不多。

我在台大十五年，前十年差不多就是這樣過的，所有的收入，除了支應學費及日常開銷外，幾乎全部都花用在買書上面，而且是寧可三餐挨餓，也是不能不買書的。這壞習慣一直到我教了二十年的書，還是惡性不改，是以常與妻子有多次的爭吵，貸款買房，為了家藏滿架滿屋的書，又不得不找間寬敞可容納的房子，妻子氣極了，大呼「你是買房子給我們住，還是給你的書住？」後來我是想開了，就漸漸收斂，書中有沒有顏如玉，我是不知道的，但我身邊這個顏如玉，可是比書還珍貴的。

說真的，我的學生時代，如果不是仰賴於「打工」，是萬萬無法撐持得下去的，有幾許感傷，也有幾許驕傲，吾少也賤，故多能鄙事，雖比不得含金湯匙出生的，卻也別有一番點滴在心頭的滋味。只是，如今退休了，也算是失業了，拙於理財的我，未來還有許多日子得過，怕也難免非再打點工不可了。我突然想到孔夫子的一句話，如有用我者，「雖為之執鞭，亦忻慕焉」！

家在四號橋邊住

我家住在光復路上，記憶中的街道，從新竹市區一道迤邐而來，略有點起伏，直通往竹東；但關東橋過後，就是另一個名字了。這條馬路，如今已是新竹科學園區最繁忙的路線，但四周的發展，早已不復當時面貌。每次回鄉，我都不禁會用力去搜尋舊日的點點滴滴，卻是四望車水馬龍、樓宇林立，頗有故鄉已是他鄉的悵惘。

路名光復，當然是國民政府來台後取的名字，但卻也頗吻合光復之後，無論閩、客、外省人氏交雜而居人口分布狀況。在這條路上，有清華大學、私立光復高中、光武國中，和建功、龍山、關東三所小學。我居處的地方叫埔頂，是個閩南、客家、外省三足鼎立的混和區。閩南莊主要在埔頂村，客家莊有羅家和徐家，外省眷村有日新新村和中興新村，士農工商兵，五民交互往來，剛開始的時候，由於歷史因素，頗有些不諧與衝突，我們詆稱眷村為「豬母寮」，呼其中住民為「阿山豬」，頗有壁壘分明的架勢，但閩南莊與客家莊也時見劍拔弩張的局面。小時候的活動範圍以剛好位居中央的龍山國小附近為主，四號橋是其中最顯著的地標。

四號橋雖是一座橋，卻只不過是一條跨越一道溝渠的路橋。由於地勢偏低，每逢有雨，上流的楊添發、阿洛仔水塘的水洩溢出來，通過這道溝渠，就湧入我家旁邊的埤塘。這埤塘沒有名目，也未有人養魚，反倒是上流兩個池塘所養的魚會順著溢水而下，在埤塘中孳養蕃息，就成了遠近居民最好的釣魚去處。鯉魚、鯽魚、土虱、泥鰍，多到不可勝數。夏天的時候，整個埤塘邊挨擠著一群大人小孩，用一條線，綁著一條蚯蚓，就可以輕易釣上滿籮滿盆的大肚魚和蝦虎魚。但更重要的也許是因為我家在四號橋邊住。

父親在四號橋邊開了一爿小藥房，本來是賣中草藥，後來兼賣西藥，是附近幾個小莊裡、眷村唯一看病拿藥的「診所」。人在有病的時候，容易放下一切的恩恩怨怨，關心自己，也難免同病相憐，疾病一來，是不會選擇族群的；因此來到我家的「病客」，無論是來自何方，都靜默異常，有話題，也都圍繞在身體、藥效、偏方上打轉，是一片祥和之氣，久而久之，就都還原成一個簡單的「人」了。當然，這過程顯然是需要有段較長時間的醞釀的。

在上小學之前，閩南莊和客家莊彼此有小嫌隙的糾紛不斷，更多的是閩南人、客家人聯合起來對抗「阿山豬」的衝突。小時候聽慣了長輩對外省人的批評，根本啥也不懂，往往就跟著稍大點的哥哥們胡亂起鬨，繞過塘埤邊一條種滿相思樹的小路，隔著

家在四號橋邊住，我的兩位姐姐

塘水，丟石頭瓦塊去「偷襲」，那時真的就以為外省人就是「壞人」的代稱，打擊「壞人」，就是一樁「正義」之舉。直到有一次，我才竟然開了竅，質疑自己的無知。

那是一次「例行」的「偷襲」。幾個大哥哥帶領我們一干小毛頭，繞過小路，去「攻擊」眷村外的幾個小孩，看到他們倉皇逃遁，我們這邊就發出旗開得勝的歡呼。我還記得我扔了好幾塊精心挑選的石頭。可是沒多久，對方村子裡就湧出了十幾個明顯比我們高壯的大孩子，拎著棍子棒子，揣著石兒瓦兒，衝向我們。登時，這邊的小孩，毫無道義地扔下我就逃竄而回。我行動不便，自知再如何逃跑也逃躲不了，只能戰戰兢兢、心懷忐忑，卻又非得故作鎮定般地就坐在路邊假裝玩鬥草。那時我心裡的害怕，真的是無法形容的。只見當時一個小孩要衝上來打我，卻被對方帶頭的大哥哥阻止了，還說「他腳不方便，我們不要欺負他」，就率隊離我而遠去了。我在當危之際沒有哭，但看著他們一一從我身邊過去時，看著這一隊人馬的背影，卻發現自己已經淚流滿面了。我內心是一片溫暖，有一個聲音告訴我，「外省人也是很好的」。從這一天開始，我也還原成了一個人，以內心這片溫暖，與所有的同儕相交往，從國小、國中、高中到大學，知己互諒的朋友，竟也多數是外省人。在這段漫長的時間中，我也逐漸發覺到，其實省籍的隔閡，原本已經淡薄了許多，只要誠心相待，在這塊土地上，還有分省別籍的必要嗎？直到那一年，陳水扁出馬競選台北市長，才又翻掀起波浪。

這已是我步出校門之後的事了，也是我開始厭惡政治人物的開端。當時我聽到一位年已六旬的師長，哽咽地問我，他從十五歲開始到台灣，長於斯，住於斯，愛其土，愛其人，為何要他「滾」回去之時，看著他婆娑的淚眼，我心裡真是一陣絞痛。最後，他走了，骨和灰摻合著愛與淚，靜默地躺在這塊他始終眷戀的土地上，你說他是哪裡人？

我從小精擅各種方言，會三種客家話，閩南話更為流暢，各省方言也大抵能說上幾句，這都得力於在四號橋邊往來的各色人氏。我喜歡用不同的言語，與對方拉近距離，語言的區分，不是用來作此疆爾界的壁壘，而是用來溝通、親近，傳遞彼此心中那一片溫暖的。

忍能對面為盜賊

常聽人家說，鄉下人是如何的純樸，如何的敦厚，其實我是一直不太以為然的。杜甫因安史之亂，流落到夔州，歷經艱辛，好不容易才在浣花溪畔結了一棟小茅屋居住。可八月秋風狂吹，居然將他屋上鋪設的茅草捲吹落地。當地的野孩子，覷得機會，就公然抱起茅草溜進竹林裡。杜甫此時已有點年老無力，追趕不及，想開罵也「脣焦口燥呼不得」，只能眼睜睜地看著他們「忍能對面為盜賊」。感慨之餘，推己及人，便寫下了膾炙人口的〈茅屋為秋風所破歌〉，吐露他一番「民胞物與」襟懷。水邊林下，結茅而居，相與的自然是一般所說的鄉下人，可鄉村孩童，不見得就真的皆如想像般純樸可愛，公然偷盜，可也是司空見慣的尋常事。

四號橋邊，在民國五〇年代，其實也等如就是新竹的鄉下，群童閒來無事，偷盜之舉，簡直就是一種「儀式」，每個人都必須經過一番歷練的。大約那時的不成文規矩是，只要不是登堂入屋，進入到別人的「家」中取物，都是在被默許的範圍中的。小時候，偷採芭樂、龍眼，偷挖蕃薯、蘿蔔，偷拔甘蔗、偷釣魚蝦，幾乎是我們季節性的聯歡樂事，取不傷廉，得則共享，雖名為「偷」，卻離公然之「盜」不遠，反正只要沒有被逮個正著，就不算做壞事。其實，周遭方圓不過幾個里，誰家的小孩，都是一望即知，物主往往在很遠的地方就大聲斥喝，「猴囝仔，擱來偷採」，群童見機，反應絕不會輸於杜甫看到的那群小孩，早就揣抱著成果，一溜煙就跑得不見蹤影了。從來沒有發生過物主到小孩家長那去抗議、索賠的事發生；家長看見這些「賊贓」，還不是也歡歡喜喜地分而享之？

就我記憶所及，只有一次物主找上門來的經驗，那是我五哥偷採了徐家的芭樂，被物主「人贓並獲」，問明了居址，親自將他送回家的。五哥小時眉清目秀，很討人喜歡，物主帶他回家，其實不是為興問罪之師，而是覺得五哥太惹人疼愛了，親自登門，拜託父親同意讓他收五哥為螟蛉義子。後來這位徐叔，待五哥極好，逢年過節，都會饋遺禮物，害我當時一直後悔，怎就不跟五哥一道去「偷」？

當時周遭的果園、菜園、蕃薯田、魚塘，我沒有一處沒有光顧過，只有一個地方，是打死我也不敢去的。那是在龍山國小旁邊的埔頂派出所。那時，埔頂派出所旁邊有一片荔枝園，也不曉得是誰種的，每年端午節前後，就結滿了垂實累累、紅豔欲滴的荔枝。小時候荔枝價格極其昂貴，又如是美味可口，那片荔枝園，真不知引流了我多少口水。不過，那可是派出所，有警察的耶！雖是嚮往豔羨，卻從來不敢越雷池半步。

記憶中，我小時吃過的荔枝，簡直屈指可數。但卻在我國中三年級高中聯考之前，著著實實地飽啖了一季的荔枝。那時，班上來了個轉學生，與我相當投契，他父親剛巧是轉派到埔頂的派出所所長。我們兩個常常到派出所那寬敞而清涼的會議室讀書。荔枝樹就在會議室旁，累垂的鮮紅荔枝，只要探手出去，就是滿把。在徵得所長的同意下，我「奉旨偷吃」，從來沒有「偷」得那麼饜足過。也許就像武俠小說中所描寫的一樣，荔枝成了助長我功力的靈藥，那一年我真力俱足，居然不小心就考到了新竹中學。可惜那位同學只上了竹東，後來隨父親轉調，已是近五十年未聞音訊了。

說起偷，印象最深刻的就是「敲窯」和「拔甘蔗」。「敲窯」的「敲」無論閩南話或客家話，語意都是「敲擊」的意思，現在都寫成「焢」，其實是烤蕃薯時的最後第二道工序。蕃薯當然偷挖的，通常種植蕃薯的時節，都是在稻田收割完後到犁田的這段時間，挑選一小塊地墾種。蕃薯當時不值錢，蕃薯葉更是名為「豬菜」，非不得已是不會上桌的，所以偷挖蕃薯，並不是為了拿回家中食用，而是在現地烘烤，大啖大嚼。

烤蕃薯的工序很簡單，在偷挖到足量的蕃薯後，先利用犁過的田地上的土塊，如城牆般壘高，留一道升火入柴的窯口，由大而小，堆形如寶塔。大約在升火燒烤半個多鐘頭後，土塊燻烤得發紅，就拿開頂端的土塊，將蕃薯丟放於窯中；然後奮力一擊，摧枯拉朽，窯堆傾圮；再拿一些較濕的土塊鋪敷在上面，敲擊夯實，在頂端置一片蕃薯葉；

大約五到十分鐘，等蕃薯葉由青轉黃時，就將土塊挖開，一顆顆香噴噴、熱呼呼的烤蕃薯，就等著我們大快朵頤了。當時年紀大一點的哥哥們，還會跟我們說有一道「跑窯鬼」的程序，由一人留守，其他人從堆窯的地方，跑到前面約五百公尺的竹林，再跑回來，說是可以驅逐覬覦蕃薯的「窯鬼」。我通常都是留守的，可是有一次領頭的大哥哥居然藉故不去跑，趁大夥未跑回來之前，就把蕃薯全挖了出來，兜攏回家了。從此以後，我們就再也不相信有「窯鬼」這回事了。

相較於偷挖蕃薯是在田地裡進行，還有點要遮遮掩掩、唯恐人知的；偷拔甘蔗，索性就在光天化日的馬路上公然為之，而且是全家大小一起齊心協力地「偷」。

光復路路面狹窄，僅僅只有兩線，隔著馬路都可以對話，但卻是竹東通往新竹市區唯一的公路。竹東、竹中，是新竹蔗糖最重要的產地之一，每逢收成，業主都必須雇聘牛車，一車一車地運往市區的火車站，光復路是必經之路。誠如武俠小說裡開山立寨的強盜所說，「此山是我開，此樹是我栽，要從此處過，留下買路財」，當時沿路的居民，多少都扮演過幾次「強盜」的角色。每逢牛車隊經過，眾居民就一擁而上，各自認定牛車，一根、兩根地將滿載的甘蔗，一一抽離出來。車上的甘蔗綑紮得相當緊，小孩通常沒有足夠的力氣抽拔，於是大人堂皇現身，將甘蔗抽拔下來後，就甩在路旁，我們小孩就一一將它們抱回家中，左鄰右舍共同分享。牛車車主是以車計價的，裝載的輕重與他們無關，走一趟就是固定的價碼，所以也都睜一眼閉一眼，任由居民公然為盜賊。也許是業主察覺到損失太大了，一車甘蔗，到達火車站，少說要減去兩三成，這還得了！於是，後來就開始雇用小朋友，拿著一根竹枝，在車後盯看。但這些小孩子哪被如狼似虎的大人看在眼裡？效果終是不彰。最後，業者使出殺手鐧，聘雇了一些在日據時代因偷盜罪而被斬斷一手的人，當隨車保鏢，我們都呼之為「斷手」。「斷手」監車，搖晃著腕上明晃晃、尖溜溜的鐵鉤，還有誰敢靠近？當時鄉間「純樸良善」的居民，是非常畏懼這些「斷手」的，每逢車隊經過，一定會先派斥候前去窺探，一聞知有「斷手」護衛，就絕不敢動其分毫。這卻形成了一個相當荒謬的景象：「犯罪的」在盡力維護社會治安，而「良善的」拚命在伺機犯罪。現在想起來，還真的非常可笑。

當時的甘蔗，都是白甘蔗，總覺得市面上常見的黑皮甘蔗，雖然較粗，但嚼起來卻無論如何都比不上白甘蔗，也許是「偷拔來的甘蔗最甜」吧？可是自從機動車取代了牛車後，就再也嘗不到那甜滋滋、鮮淋淋的味道了。

母親說的故事

——呂洞賓與觀世音

我慈愛的母親，在我小學六年級時，就歸於道山了，但兒時的記憶，還是相當真切，人老倍思親，靜夜兀坐，孤燈一盞，純白的燈光下，有時就不免浮現出兒時的點點滴滴。我總是難以忘記，母親是說故事的能手，但能記得的故事竟然很少，而且斷片零箋，恁地也湊不出一個完整的故事，唯一記憶最深的，是她跟我講過的呂洞賓與觀世音的故事。

這是一條魚的故事，但也不僅是一條魚的故事。這條魚，閩南話叫「鮎鮘」，客家話叫「養公」，也就是「鱧魚」，身形修圓、滑溜，其中最明顯的特徵，就是尾部有一個大黑點。據說生性相當凶猛，但對我來說，卻是在我思念當中最溫馨的魚類，因為，它是我至今憶念母親最鮮明的媒介。

第一次「遇見」「養公」，是台灣自來水還沒有開始普遍連通的時代，我所住的地區，居民取水，都還是要仰賴著井水，我已經忘記我家後院的那口井是何時鑿通的了，想來應該是五到六歲的時候。當時區裡水源不足，幾戶鄰家深感不便，便請了師傅探勘可有適合鑿井的所在，居然就選中了我家的後院，開始了幾天鑿井的工程。

當水井鑿通的那一剎那，歡聲雷動，母親也帶著我在一旁觀看。我見到一個鄰居，用一個大臉盆，盛裝著一條魚，看著他小心翼翼地將魚放進甫鑿通的水井中，好像有一些蠻特別的儀式。我不知道那是什麼魚，更不知道為何要將這條魚放到水井裡。於是就充滿好奇地問了母親。母親便向我說了這個故事。

她說，這條魚就是呂洞賓變的。母親曾經用家裡的「八仙彩」跟我說八仙的名稱，所以我對呂洞賓這位神仙也算是耳熟能詳的了；當下就追根究柢，為什麼呂洞賓會變成這條魚呢？母親是如是說的：

話說有一天，呂洞賓突然心血來潮，想到南海紫竹林拜訪觀世音菩薩。當時觀世音正光著腳丫子，在紫竹林邊的池畔浴足。呂洞賓一眼就看到了觀世音那線條柔美、白皙婉孌的腳丫子；他本來就是生性風流不羈的散仙，當下就動了慾念，便化身成一條魚，游到觀世音的腳邊，來回徘徊，左鑽右動。觀世音先是不覺，後來漸覺得怪異，「這條魚到底是怎麼一回事」？於是睜開慧眼，一看之下，原來是呂洞賓。觀世音非常生氣，但不動聲色，悄悄地祭起淨瓶，往水中施放過去。呂洞賓感覺不妙，潑喇一聲，就往遠處竄游開去，但是卻已來不及了，淨瓶在呂洞賓的屁股上狠狠地著了一記。呂洞賓現出原形，連忙向觀世音致歉。但觀世音怒氣不息，就決定對呂洞賓施加懲罰，說道，「你既然這麼喜歡聞腳臭的味道，我就罰你變成一條魚，永遠在髒汙的水裡，吞食一些雜物」。

「所以，你看那條魚的尾巴上，有一個大黑點，那就是呂洞賓的屁股挨上一記，所留下來的疤痕。」母親最後是這樣說的。

我當時是覺得既神奇又有趣，但還是不曉得為什麼要放到井底，當時也沒有追問。後來是家族的長輩跟我說的，這是客家人鑿井的習俗，據說井底有這條魚，就表示井水永遠清甜可口。後來我每次到井邊打水，總是會盯著那微有波瀾的井水細看，不過卻從來沒有見過牠飄游出水面。我常想，會不會是呂洞賓做錯了事，羞於見人，所以長年都棲息在水底？

過了幾年之後，區裡自來水開通了，這口井便被掩埋了。最後一次「遇見」牠，是在掩埋之前，還特地請了一個大哥哥，下到井裡，去將這條魚「請」出來。看牠的模樣，幾年內好像也沒長大多少，也許是井裡可食用的東西不多吧？

這條魚是被放生了，就在我家旁邊的大池塘，不過，一直到後來高速公路開通，池塘整個被填平，都沒有人發現過牠的蹤跡。

這個故事，來得奇突，去得也神祕，真真假假，也不知可信不可信，但是，我一直相信它絕對是真的，原因非常簡單，因為它是母親跟我說的，而且是唯一我還記得的故事。從此，也對呂洞賓產生了濃厚的興趣。

很多很多年以後，我著手研究呂洞賓，找尋了相當多的呂祖傳說故事，知道呂洞賓有很多風流豔事，跟觀世音菩薩也有過多次交手的經驗，但無論載籍所記，或是民間傳說，都未曾見過與母親告訴我的故事類似的。

在西方的神話故事中，有許多神仙之間的情牽愛纏故事，仰望星空，我常會有「你看那天空多麼希臘」的馳想，這是既瑰奇又浪漫的；中國的神仙故事，比較不食人間煙火，大愛皆是大慈，大概就只有呂洞賓是個例外。不過，我不必仰望星空，一口井，一方池塘，我就可以細味出民間傳說的綺麗與奧妙，因為，這是母親說給我聽的。

茶室幾番風與月

小時候的家，隔條馬路斜對面有一間大人說是「茶室」的地方，那是我們遊戲、玩樂的一個禁區，鄰居走街串門，也很少有人會逛到那裡。我只記得那茶室高高掛著一個「軍中樂園」的招牌，隱約可見曾經有過霓虹燈的殘餘，但在我記憶中已不曾亮起了。

那時的家中，每天都會燒好幾壺以茶葉梗爨煮的茶水，供上門看病買藥的客人飲用；因此一直以為「茶室」就是賣茶水的地方，但卻從未見到有人說要去那裡買茶喝。我曾不只一次追問我媽媽，茶室到底是做什麼的？為什麼不能去那邊玩？為什麼會有這麼多人？為什麼我們可以去兒童樂園，就不能去軍中樂園？每次的打破沙鍋，都不會見到底，媽媽總是一句「小孩子不要問」，就封住了我的口，然後我就見到在旁邊的姐姐在抿著嘴偷笑。這更讓我對這樣的一個神祕的場所，起了好奇探究之心。但始終不敢違命前去探險。

在茶室歇業之前，我倒是有一次偶然的機會，得以明正言順地去作「公開」的探視。那時，媽媽為了貼補家計，設了一個小攤賣水果，但生意一直不太好。有一次，媽媽和隔壁的阿姨、嬸嬸三四個人聚在一起聊天說笑。談到水果生意不好，阿姨就慫恿媽媽不如讓我提水果去茶室販賣看看。說完，幾個人吱吱呵呵地就笑個不停。在那個保守的年代，我想說不定她們也未必真的知道茶室裡是有什麼古怪的吧？於是，我就充當了一次斥候尖兵，小手提著一籃橘子，算是我第一次踏入「風月場所」。

其實，那裡一點都不風月，因為我只走到客廳，而想來風月也不在客廳。進門所見，是暗灰的色調，兩套木製的沙發，稀稀疏疏坐了五六個男人，還有幾個女人走來走去，都吸著菸，盈耳都是話語笑聲，地上一片都是菸蒂和瓜子殼。我心中忐忑地走到他們面前，用連自己都聽不真的話，問他們要不要買橘子。我小時的樣子應該很討喜，一整籃橘子都被留了下來，老闆娘說回頭會跟媽媽算，我就被連推帶送地請出了門。回到家裡，媽媽姨嬸們追問我裡面有什麼，我就據實以報，她們還是笑個不停，說什麼「小孩子看不到啦」之類的話，而今想來，可能也有點失望吧。當然，我是渾然不知她們究竟在想什麼、說什麼。

附近鄰居不會去茶室串門子，但老闆夫婦，那是一對老先生老太太了，倒常到我家附近。老闆娘胖胖壯壯的，很和藹可親，但我至今都忘了怎麼稱呼她。其實我也不知道老闆的名字，卻自己替他取了個外號叫「可惱啊」（閩南話）。「可惱啊」體型矮小削瘦，約莫只有妻子的一半大小，愛下棋，但棋藝大概不佳，經常輸棋、悔步，而一輸悔，就嚷著「可惱啊」，因以得名。

茶室裡的客人，都是外來的，有些應該是二中心的軍人，但裡面的小姐有幾個我倒是非常面熟。她們有時候會到我爸爸開的小藥房買些成藥，像千百力、金十字胃腸藥、明通治痛丹、撒隆巴斯等，我經常替父親看店，作成她們的生意，但始終沒有跟她們交談過，畢竟，一個十歲不到的小孩，沒人會想跟我談聊的。當時的我，當然也不可能去跟她們攀談，只是一直疑惑著，她們在茶室是做什麼的？為什麼熟面孔常常隔一段時間就見不到了？

我家旁邊有個很大的池塘，池塘邊是垃圾成堆，現在想起來還真的很髒臭，但小時候哪有什麼衛生觀念，最喜歡的就是在垃圾堆裡尋寶。我最常在茶室的垃圾裡翻找，茶室裡可能常有人賭博，所以每次丟垃圾都會扔很多四色牌，我就專門拾撿這些，紅的、黃的、青的、白的，我將它們折串成一個個項鍊，掛在脖子上，四處晃蕩，有富貴人家戴金項鍊般的喜樂。

有一年九月天吧，天風挺寒的，我又在垃圾堆中翻找，並打著水漂玩著，一個面目姣好但略顯得憔悴的茶室女子，正巧也到塘邊，我認得她，她大概也認得我，跟我說了一句，「囝仔，那裡很骯髒，不要在那裡玩！」我其實沒有聽她的，還是自得其樂在垃圾中打混。她見我沒有理她，也不理我了。我偶然回頭，看到她側面貼著一張撒隆巴斯的臉，眼睛望向池塘中粼粼的波紋，削瘦的身軀，好似要禁不起寒風的吹襲的樣子，我心裡突然有點孤寂的感受。她一個人呆默地立在池邊十幾分鐘，我也不知道她在想些什麼，直到上了大學，讀到黃春明的《看海的日子》，讀到白梅，才深深體會到她凝立的身影背後可能有的滄桑與寂寞。從那一天之後，我就再也沒有看見她了，可是，我從來不曾忘記那時的一瞥身影。

我是直到上了國中，才真正知道茶室是做什麼的。在一些大哥哥的帶引下，我曾經按捺不住好奇心去偷窺了一次。茶室旁邊是水田，臨田有一堵圍牆，將茶室圍拱在裡面，牆頭黏滿了碎破的玻璃。我們幾個小鬼，疊羅漢式地攀爬到牆頭，探出小腦袋，定睛一看，天哪！我懂了！算是啟蒙了！但這啟蒙的力道來得實在太劇烈，我心跳如擂鼓，手一滑，居然被玻璃劃破了好幾道口子，嚇得我把持不住，墜落田邊。回家後，父親幫我敷藥，我心還悸動著，恍如犯了滔天大罪一般，當然不敢說實話，從此也不敢再去偷窺了。

應該就是在這一年吧，茶室老闆夫婦不知為何，結束了營業，拆掉了門面與客廳，出租給人當住房。當時有個朋友就住在裡面，我經常去他家玩，才真正地窺探到其中的廬山真面。

那是一座三合院改造的，中間一個廣場，上面堆滿了拆卸後的木料，雨打風吹日曬，已經朽不堪用了。廣場周邊兩排屋子，都隔成小間，想來就是主客歡娛的地方，但已經空空蕩蕩了；前廳封住了，要由側門進入，朋友家就是後進一排三間的廂房。其實，也不過就是當時鄉間尋常可見的住房罷了。山不在高，有仙則名；屋不在深，有事則奇。後來是老闆夫婦將房子賣了，空了一段時間，然後，高速公路興建，我家一帶全數夷為平地。人散了，事歇了，風流總被雨打風吹去了。

我家旁邊的茶室，不像電影中的《春秋茶室》這麼有名，更比不上金門的八三一，只怕記得的人不多了，但是在我心裡，卻是少年成長的一段永不會磨滅的記憶。寫到這，我彷彿耳邊還迴蕩著「可惱啊」的聲音，眼中還依稀看得見那道在池塘邊凝然而立的孤單身影。

撲滿與我

我的年紀，在時下年輕一代的人眼中，已算是垂垂老矣的遲暮之年了，但相對於年長於我的前輩來說，恐怕還屬毛頭小伙之列。我是四年級生，適逢「戰後嬰兒潮」的時期，家中九個兄弟姐妹中，排行第八，親身經歷過台灣從貧窮落後，一路黽勉向上，逐漸富裕，而最終又陷入動彈不得的窘境的時代，其間波折起伏，點滴都在心頭。

不知道哪個智者曾經說過，老年人最是愛回憶的，前塵種種，常是偶爾觸念，便紛至沓來。近日在臉書看到有人在「憶當年」，不禁觸懷生情，也挑勾起我小時候的種種回憶。說來慚愧，在我專業的中文領域中，不為「五斗米折腰」、罷官歸返田園的陶淵明，理當是我桑榆之年應引為典範的人物，可細思自己這前一大截的生涯，竟往往是想三斗折腰都難以遂願，既深心繫於孔方，又何嘗忘情於阿堵？五經九經十三經，讀過便忘，卻是滿腦子都是「生意經」。因此，沖幼時期最讓我印象深刻的，在羞澀的阮囊中鏗鏗作響的銅錢，竟然是其中之一。

從國中開始，我就有存撲滿的習慣，無論是竹製、陶瓷製、長形、方形、動物造型的撲滿，都曾被我所寶愛珍藏過，到現在還有幾個密藏的存錢筒。當然，我是重視內涵過於形式的，心中所牢牢牽掛的，常在其腹笥之內。因此，三不五時就會迫不及待地，在未滿之際，就將之顛撲而破，細細盤數，聽那叮叮錚錚、宛如仙樂的聲音。

不必以「俗」來指摘我，因為我自知本來就是俗不可耐的那種人，也自甘於這樣的「俗中作樂」，儘管世事多不如人意，至少在小心翼翼、計較斤斤的那一剎那，我是心滿意足、自得其樂的。

我年幼的時候，已是「新台幣」施用（一九四九）十年後了，當時最小的幣值，以角為單位，有一角、二角、五角三種硬幣，一元以上的都是紙鈔，直到一九六一年，才開始有一元的硬幣，但二角的就取消了。其後，一九八一年發行五元、十元硬幣，一九八一年還發行五角幣，但用者已經非常稀少，大概只有買郵票時會收到找零，就幾乎消失了。一九九二年，發行五十元硬幣；二〇〇一年發行二十元硬幣，一元幣儘管還能流通，也是漸不受矚目了。

大抵上，我所曾經接觸到的硬幣，就是這些了。從國中開始，無論哪一個時期，我都曾小心謹慎、百般惜愛地將硬幣收存在我那形製、大小、質材都不一樣的存錢筒或撲滿當中，隨著年歲的增長、物價的飛騰，存錢筒中硬幣的面額越來越大，從一角到五十元，足足增加了五百倍，但存錢、數錢時的那種富足感，卻是愈薄愈淡愈輕減，寖漸連顛而撲之的興致都提不起來了。

小時候的我，是斤斤計較，錢錢不肯放鬆的，對錢的價值盯看甚緊，一角兩角、五毛一元，作用如何、效果若干，都瞭如指掌，任誰想從我手中拿走任何一文錢，恐怕都要大費周章。因此，常聽聞網路流傳我那個時代「說方言罰錢」的事，是絕對不予置信的。台灣推行國語運動的時期（主要是一九五一年開始），前半截我沒趕上，但在我讀小學的時候（一九六二～一九六八），也還是如火如荼地推行當中，在學校雖是「嚴禁」說方言，但同學下課的時間，閩、客、外省的方言，是照說不誤的，老師聽聞，最多只是訓令一番而已，未為已甚，從來就沒有遇到過所謂「罰錢」這回事，網上流傳的許多從一毛、一元、五元，甚至還有誇張到十元的說法，恐怕若非以偏概全、記憶有誤，就是刻意作誇大不實的渲染。我還記得小學二年級的時候，班上有位同學因為一學期十六元的代辦費，因家中貧困，遲遲未能繳交，還引起導師和家長相互對罵的紛爭，試想，如果有這麼離譜的「罰則」，台灣人不群起造反才怪！我也還記得小學四年級時，我最愛吃冰棒，當時新竹的八一四冰棒最是以可口出名，一根是兩毛錢，只要有一個人買來吃，其他同學都必然要求「分我一口」，就這樣，你一口，我一口，有的人很狠，張口就咬掉一大截，三下兩下，就只剩下了冰棒棍，所以我後來都是躲起來吃的。這不能怪我小氣，因為我一天零用錢只有一毛錢，連買根冰棒都不夠，哪捨得有人來分一杯羹？十元對我來說，簡直是天大的財富了。

每逢郊遊遠足，是我最開心的日子，但這不是因為我可以出遊而開心，因為行動不便，我通常是無法參加的；父親為了彌補我的「損失」，會特別給我二元，那時，我喜歡看漫畫，一毛錢可以看一本，我就用這二元，在漫畫店中無所拘束的看上二十本漫畫，直到同學們陸續返家，我才盡興的一起回家，也充滿了「遠足」——想像心靈的遠行——的喜悅。

那時候，我是沒有撲滿的，因為連花用都不夠，哪有多餘的錢可存放？最多是過年的時候，約有五元的壓歲錢，通常是紙幣，但我總喜歡換成一角、二角、五角的硬幣，沉甸甸的裝滿整個口袋，走起路來鏗鏘有聲，整個人都意氣飛揚起來，以為世間之樂，莫過於此。國中開始，我零用錢增加到一日一元，高中時是一個月一百元，都是一次給足，花花俏俏的十元紙幣，揣在懷裡，總覺得太過靜默無聲，又不方便太過招搖，因此就開始換零錢、存撲滿，每當投入硬幣時，鏗然一葉、角聲清脆，竟自宛同仙樂，不知寄託了我多少未來的憧憬與想望。只可惜，時序代換，未滿先撲，竹筒永遠是空空洞洞的，豢養的小豬也從來沒有肥大過。古書上曾經寫過，有一種叫「青蚨」昆蟲，如果將一對青蚨母子的血，分別塗在錢幣上，只花用子錢，子錢不久就會因思念母錢而自動飛回來。可我的錢幣，都是乾乾淨淨、不染血漬的，只能憂憂戚戚地看著它千金散盡終不回。

現在我家裡還是有大大小小、材質造型都不一的撲滿，唐代詩人孟郊有首詩寫說，「借車載家具，家具少於車」，我撲滿雖多，卻也一樣內裡空虛，這或許也是我一生的寫照吧，空有一堆名銜，腹笥內還是空空如也的。

但是我已經不再打破撲滿了。已老的人生，在世情看盡之後，風輕而雲淡，既是過眼浮雲，破與不破，大概也是所差無幾了。人生的況味，大抵也如存撲滿一般，雖欲滿而從未能滿，既是如此，擺放在一邊，任其隨緣虛滿，不足而足，或許更別有一番滋味吧？

我的漫畫緣

年輕的時候，我頗沉迷於猜燈作謎的「小道」中，猶記當時有位謎友，以「囝」字出謎，猜射一個歌星的名字，我思考半天，終是無法猜射出來；答案揭曉，居然是「童安格」——一個兒童，被框限在一個格子中。答案很妙，頗為傳神，而我猜答不出，除了謎功略遜外，也是合情合理的，因為我從來就是個「出格」的人，不願意被任何格套框限住。

我是個胸無大志的人，什麼風雨名山、金匱石室，從來不去，也不敢奢望，只做自己喜歡做的事，讀自己喜歡讀的書，而且不求甚解，只求快意。我是個微不足道的尋常人，當然也就只適合於以「小道」自娛自樂了。

小道是條歧路，學者以小道亡羊、多方喪生，我應該就是個寫照。我是從來沒有去想小道是不是還有「可觀」的問題，反正是趁興而往，興盡則返，泛涉九流，觀覽百家，大學問是一事無成，但小玩意倒是略通一二。

漫畫，在我年幼的時代，不僅僅是「小道」，恐怕還更是有礙學業的「毒物」，因此，從小多數的父母師長都是「禁看」的；但這卻不足以澆熄我對它深濃的興趣。

我最早接觸到的漫畫，是葉宏甲在《漫畫周刊》上繪製的一系列「諸葛四郎」故事，什麼魔鬼黨、黑蛇團、雙假面、黑騎士、孔雀俠，儘管在漫畫中都是「壞人」，卻一直都是我童年「殺刀遊戲」中cosplay的對象，一副頭巾、一條掩住臉面的大手帕，揮著竹劍、木劍，我也儼然成了書中人物，在虛擬的戰場上，縱橫馳騁。當時小朋友個個喜歡裝扮成四郎、真平，我最多只能當個林小弟，多數是客串「壞人」，總覺得「假面」的造型，較之頭綁雙髻或單髻的四郎、真平，來得更形象生動。

當時隔壁的阿姨家開雜貨店，兼賣一些漫畫雜誌及相關的童玩。每逢《漫畫周刊》出版日，我總是一早就到阿姨家門口守候。當然我是買不起的，但因為親戚關係，姨丈總會破格優惠，讓我免費觀看。我總是立即跳翻到諸葛四郎的連載頁面，津津有味地看完，然後再讓姨丈掛回高懸的繩架上。當時我是完全不曉得諸葛四郎是揉合著諸葛亮和楊四郎為一的人物，老實說，連楊四郎是誰都沒聽過，但卻由衷地喜愛那個大眼雙髻、周遊列國行俠仗義的英雄，當然更對他的創造者葉宏甲佩服到五體投地。興之所至，攤開作業本，我自己也開始嘗試「畫漫畫」起來。

我還記得那是本算術的本子，我訂了個「諸葛四郎大戰歡王」的題目，就開始胡亂編寫故事。「歡王」其實是「蕃王」，但那時小朋友的閩南國語，「蕃」字都唸成

「歡」，所以就居之不疑地作了標題。故事我是早已經想好的了，整個模式，當然是模仿葉宏甲的故事架構，有假面、有將軍、有掩蓋真面目的幕後操縱者，然後由四郎真平林小弟聯手加以破獲、鏟除。可惜的是，我的繪畫能力實在太差，畫了幾頁，橫看豎看，都不成模樣，生平第一本自繪的漫畫，就告中道夭折了。

儘管如此，我對諸葛四郎的喜愛，並未稍有止息。我刻意以每日僅有的一毛錢零用錢，向阿姨家買上面繪有四郎真平故事的「尪仔標」，最喜歡其中四郎真平騎著飛雲、飛嶽那一張，在玩紙牌遊戲時，輸得再精光，這張也絕不肯脫手。如今想來，對我影響最大的，無疑是《龍虎十劍士》，龍頭的掌風、虎頭的劍氣，成為引領我步入武俠世界的津梁，我開始憧憬、幻想那個可以彌補我行動不便缺失的武俠天地，我有一雙可發出掌風的手，一根可蕩出劍氣的竹枝，儼然我就成了漫畫中叱吒風雲的俠客，然後，就是好多好多不切實際，但是卻足以讓我流連忘返的幻想。

小時候看過的漫畫種類非常多，幾乎只要一有閒錢，我就往漫畫出租店跑，洪德麟在《台灣漫畫史》中所提到過的名家、名作，幾乎沒有一本不是把玩再三、印象深刻的。猶記當時，每逢春假，學校都會辦「遠足」的活動，父親知道我是無法參加的，都會請母親幫我也買些麵包、水果之類的野餐用品，讓我到學校去跟同學們會合，然後塞個兩塊錢給我。我在教室，羨慕地看著同學們整隊、出發，心情不免是有點落寞的。然後，我便踅到漫畫出租店，一本一角錢，我就在店門口，從上午到下午，看了足足二十本的漫畫，我也在「遠足」，只是我是用心在「遠足」，而且為自己能走得比同學們更遠、看到更廣闊的世界而欣喜。直到夕陽西下，我才伴隨同學們回家的腳步，也算興盡而歸。

在如許多琳琅滿目的漫畫中，當然是最喜歡武俠漫畫了，那時台灣的武俠漫畫風行一時，很多都是改編自武俠小說的，所以繼葉宏甲、陳海虹、游龍輝、淚秋等漫畫家之後，我的心靈世界，重新進駐了臥龍生、諸葛青雲、司馬翎、柳殘陽等人馬，文字想像的虛擬世界，取代了具體著相的圖畫世界，從此，我成了武俠小說最忠實的讀者。但是，我對我武俠的啟蒙者，諸葛四郎和葉宏甲，儘管漸去漸遠，但從來不曾忘卻。

進入台大中文系，班上有位長得一如葉宏甲筆下「沈小姐」一般美麗，又是多才多藝的女同學，居然就是葉宏甲的女公子。一剎那間，諸葛四郎竟突然之間又重現江湖了。她知道我是諸葛四郎迷，慨然地以最便宜的價格，賣了我一整套重新出版的諸葛四郎漫畫。這對我來說，簡直是天上掉下來的禮物，我在宿舍裡，沒日沒夜地重溫舊夢，沒想到居然在宿舍造成了轟動，上門求借的同學，一天起碼三四起，甚至有一位已畢業數年的學長，向我索借。我向來是擅讀「生意經」的，於是就開始了小規模的「租書」行業，不到一個月，我連本帶利，翻了好幾倍，然後到廈門街，買了《碧血劍》、《英雄傳》和《天劍龍刀》三部金庸的武俠小說。當然，這又是另一段「倚天故事」了。念研究所的那段期間，台灣漫畫已是日薄西山，武俠漫畫更是奄奄一息，我除了正業外，副業就只有武俠小說，漫畫於我，相對來說是「盈盈一水間，脈脈不得語」的。但鍾情如我輩，豈會就如此「太上忘情」？

當日本漫畫、香港漫畫橫掃台灣之際，新一代的台灣漫畫家，如敖幼祥、蔡志忠、鄭問等，紛紛崛起，我也偶爾會看，但總覺得心心戀戀的，還是當年的諸葛四郎和台灣武俠漫畫。

開始決心研究武俠，我是將台灣武俠漫畫納入我研究範疇中的，可惜當時舊漫畫已經幾乎絕跡於世面，苦無尋處。在偶然的機緣下，我認識了漫畫家兼收藏家洪德麟先生，這讓我欣喜若狂，決心以他的藏書，展開台灣武漫的研究。

這段歷程波折很多。我與洪德麟可以說是一見如故，對他的用心用力之勤，及藏書之多之精，頗為感佩。一直企圖遊說淡江大學，是否能收購他七萬冊之多的藏書，為我所規劃的通俗小說研究助一臂之力。折衝的詳情，似乎不必多談，但終究是將他的藏書暫存於淡江大學，並也成立了個圖像研究室，以作配合。只可惜，後續的運作，並不順暢，至今沒能夠展現出預期的成果。

就在當時，適巧當年負責審訂漫畫的國立編譯館，將所有審查過存留的四萬冊漫畫捐贈給台北市立圖書館，並將中崙圖書分館規劃成漫畫專館。我聽聞此一消息，特地帶了一位對武漫有興趣的學生，赴中崙分館與館長懇談，願意在我負擔一個專門製作目錄的人員的費用前提下，盡全力協助這些漫畫的分類、編目、建檔的工作，對方只須提供權限及空間，並於完成編目後，允許我留存一份，以作學術研究之用。未料當時的館長，居然以「不能圖利他人」的理由，婉拒了我的求請。儘管我相當納悶於此中有何利可圖的問題，但終究只能悵惘而歸，期待他們能夠編訂出一個完整記錄了當時台灣漫畫整體出版創作的目錄。可是，將近二十年了，這批書輾轉遷移，目前不知歸於何處，歷任幾位市長、幾任文化局長，都未有若何具體的成果出現。只能慨嘆，台灣對於通俗文化的漠視與輕忽，有如此珍貴的瑰寶，竟任其塵埃堆疊、棄而不顧。

但我還是沒有灰心，透過機緣，採訪了我心儀的漫畫家游龍輝先生。當年我看了他的《仇斷大別山》後，儘管根本不曉得大別山在哪，卻突發奇想，在班上以《情斷大別山》為題，講了一個頗受同學稱美的武俠愛情故事。因此，與游龍輝的晤談，可謂是暢敘生平，寫了一篇採訪

游龍輝先生《仇斷大別山》漫畫影印稿

記，並蒙他致贈了幾幅新編的《仇斷大別山》漫畫影印稿，至今猶珍藏於篋中。

我一直認為，這應是我與漫畫最後的因緣了，其後忙於教書、研究，專力的都是武俠小說，對武俠漫畫已未遑顧及。但心內怏怏，總覺得我的武俠研究，如環之中缺，未能圓滿，而竟也不知該如何才能圓滿。

認識紀厚博先生，是這幾年的事了，我與他未曾晤面，但卻透過電話聊了許多次。他算開了我漫畫眼界的人，滿屋滿坑的漫畫、數以萬計的三百位漫畫名家的手稿，窮竟一生之力奔走、蒐羅、辦展的熱心與期盼，一直讓我深心感動不已。也許，我和漫畫的緣分，是緣盡情未了吧？我真的不敢說。畢竟，年過花甲，我已不復當時年少，我的武漫世界，我的諸葛四郎，我的童稚的夢想，「諸葛四郎與魔鬼黨，是誰搶到了那隻寶劍」？我的寶劍，出鞘是不是還能耀熠生光？

我，真的不知道。

「尪仔標」的故事

「尪仔標」不僅僅只是一個故事，一個台灣四〇到六〇年代的集體回憶，故事中還有故事，迤迤邐邐記錄了台灣童趣的歷史，可供回味，可資緬懷，也可以當研究台灣社會變遷的題材。

我是四年級生，八歲入小學，但在入學之前，我就識得許多字，也得知不少中國歷史與文化上的知識，小學期間，國語課對我來說，幾乎可以說是沒有生字的。這一方面得力於小時候常玩一種「認藥名」的遊戲，一方面則是有賴於「尪仔標」的引介。

「認藥名」與我父親的職業有關。父親是開中藥店的，當時的中藥店，都有一個排滿小抽屜的藥櫃，裡面一格一格，裝滿著飄散各種不同藥香的中藥。父親為了方便記認，都會將一屜屜的藥名寫在上面，一屜大約有六個藥名，整個櫃面林林總總就不下兩百種。當時店裡有一張木製的長椅，幾十年的歷史了，供候藥的顧客休息。晚間顧客較少，我往往和幾個同齡的小朋友，就坐在上面，面對著藥櫃，比賽看誰先找到指定的藥名，什麼金銀花、大金英、小金英、車前子、黃琴、木通、當歸、甘草……等藥名，當時可是記得牢熟的。我對文字向來敏感，所以幾乎都是常勝將軍，不識的字，就會請教父親。幾年下來，真的就認識了不少的漢字。不過，我對中藥是一點興趣都沒有的，識字雖多，也只是識字而已，未曾在心裡留有多深的印象。真正讓我興趣盎然、樂此不疲，而且鍾愛不變的，就是「尪仔標」了。

一開始，我是被「尪仔標」上的圖像吸引的。記得在上小學之前，應該是民國五十二年前的事了，那時的「尪仔標」是橢圓形的，中間都是電影明星的黑白照片，起先好像是大陸時期的周璇、阮玲玉，在李翰祥導演的《梁山伯與祝英台》風靡全台的時候，就都是凌波、樂蒂的了，因為牌形宛如鴨蛋，所以我們都呼之為「鴨蛋牌」。這些女明星當然都是極美的，我純粹是因愛美人而收藏的。但這種鴨蛋牌流行時間不長，很快就被圓形的取代了，而且上面繪製的都是小朋友最喜歡的漫畫、卡通、電視、電影裡的人物，每一張紙牌、每一個人物的背後，都有一段段引人入勝的故事，我每次盯著牌面上的人物與上面的文字，就不但多識了一些生字，也等於重溫了一次觀閱這些作品的知識與喜悅。

「尪仔標」是有歷史的，不但有每個故事裡的歷史，有它演化的歷史，也有從童年伊始到國中階段成長的歷史，說得更高大上一些，更有台灣那二十年間兒童心靈成長的歷史，可以窺看出那個時代的兒童在開啟他們靈智時「觀看」與「被觀看」的形態。

「尪仔標」從「鴨蛋牌」開始，就逐年記錄下當時兒童的最愛。基本上，從漫畫、卡通、影視到布袋戲偶像，歷有年所，都是兒童最鍾愛的青梅竹馬。一九五八年起，葉宏甲的諸葛四郎系列作品、陳海虹的《小俠龍捲風》、陳定國的《呂四娘》、劉興欽的《阿三哥與大嬸婆》，都陸續推出，不但漫畫書風靡一時，「尪仔標」也迎頭趕上，成為最熱門的圖像，尤其是諸葛四郎的故事中，除了主角四郎、真平、林小弟、沈小姐外，許多「假面」人物，造型既神祕又別致，魔鬼黨、黑蛇團、黑騎士、孔雀俠、龍頭、虎頭，一牌在手，總是令人意飛神馳，彷彿就置身於葉宏甲虛構的漫畫世界中。

卡通影片是家庭中開始擁有電視機之後才開始有的，一九六四年台視開始播出《太空飛鼠》，迅速風靡了整個台灣；其後則是《大力水手》，緊接著則是一九六七年的木偶卡通《神機雷鳥號》；當時另有一些美國電視影集，也頗受到小朋友歡迎，一九六四年台視播出的《勇士們》、《沙漠之鼠》、《七海遊俠》、《法網恢恢》，也無不在「尪仔標」上大放異彩；電影則是一九六四年李翰祥導演的歷史劇《西施》，引領起風潮，這些都曾經在我童年的心版上，鏤刻過深深的鑿痕。說也奇怪，我很討厭在卡通中總是將壞蛋打得落花流水的太空飛鼠和卜派，反而特別青睞被修理得七葷八素的大壞貓和大鬍子布魯托，所以手中拿到紙牌時，總是會小心翼翼地珍藏起來，絕不肯輕易出手。

「尪仔標」的黃金時代，無疑應歸功於黃俊雄的電視布袋戲《雲州大儒俠》，這是一九七〇年的事了，那時我已升上國中，到了再去玩「尪仔標」會被女生譏笑「孩子氣」的年紀了，所以只能眼看著比我年幼的一些鄰居小弟弟們興高采烈在炫耀著史豔文、藏鏡人、怪老子、劉三、哈咪兩齒、小金剛、苦海女神龍、秘雕、真假仙……等人物，但卻不好意思「下場」去跟他們「較量」。但真正讓我開始「謝絕」「尪仔標」，卻是國二（一九六九）時發生的一件「大事」。

說是「大事」，其實從現在回顧，根本是無足輕重的「小事」。記得當年，正巧新竹縣運會開始使用「排板子」作開幕式，全校學生都被安排去縣運動場練習，為期一週，學校裡空空蕩蕩，留守的只有糾察隊和像我一樣身體不便的同學。班導師是一個退伍軍人，向來嚴厲非常，為了怕我們閒來無事、空費光陰，就規定了我們抄寫國文課本的沉重功課，從第一課到第七課。第一天，我們是埋首疾書，一直寫到天都黑了、手都痠了，還是未能完成，但卻始終不敢離開，直到導師騎著他那輛破舊的腳踏車，風塵僕僕回來「視察」的時候，才有機會放歸。但因分量實在太多，沒有一個人能夠完成。導師還算有體恤之心的，也察覺到規定不太合理，因此第二天便取消了作業，改成自習。這下我們可樂了，像飛出樊籠的鳥兒，簡直是放縱無忌起來。

就在這時候，隔壁班的幾位糾察隊跑來串門子，不知怎地，居然就拿出「尪仔標」

開玩起來。我是已經許久沒有耍玩的了，見獵不但心喜，更且手癢得難熬，便也跟他們借了幾張，於是，幾個人圍在一起，就「文比」了起來。就在玩得不亦樂乎的時候，班導師竟然又抽空回來「視察」了。這下逮個正著，我們幾個人簡直像被推入深淵一般，嚇都快嚇得半死。牌被沒收了不打緊，手心更狠狠地被挨幾下重板子，然後說要記過。我向來是乖乖牌，至少表面上是，記過對我來說，可是天大地大的事，那種提心吊膽的恐懼，如今想起來還心有餘悸。

由於是隔壁班同學「主動」過來的，導師護短，對我們多所迴護，不過打幾板手心了事；可隔壁班的同學可就慘了，他們的班導師，打板子、摑耳光，訓斥到幾乎沒人敢抬起頭來，連糾察隊的資格都被褫奪了。我這時才知道，原來玩「尪仔標」是被定位成「賭博」的。從此，我開始「戒」這個賭，就再也不曾去「玩」這個遊戲了。

說起「賭」，其實在所謂的「童趣」當中，是絕對無法切斷關聯的。「尪仔標」的遊戲，無論「文比」或「武比」，都有輸贏，有輸贏，就免不了有賭味。

當時的「尪仔標」，是馬糞紙做成的，顏色黃黃的，圓形的居多，偶爾也會有長方形的，直徑約在四點五公分左右，也有長達七至八公分的，周邊是一系列的半圓形楔齒，上面有一層薄紙，圖像就繪在上面，後來就直接用印的了。一般小賣店，也就是俗稱的「柑仔店」都有賣，早先是一角錢五張，不過多數都是我們口中的「呆子」才會去買的，因為同樣的價錢，可以從擁有者手中買到十五張，這就是為什麼輸贏是很重要的了，因為厲害的玩家，可以透過這種方式賺到不少零用錢。於是，這就與「賭」難解難分了。

「尪仔標」的「賭博」方式，有「文比」和「武比」兩種。「文比」是就圖像上下左右的四個符號，其中常見的有象棋中的帥仕相、俥傌炮、兵卒等，可以用來玩「三國」；有剪刀、石頭、布，可以玩「猜拳」；有百、千、萬等數字，可以比「大小」；有黑桃、紅桃、方塊、梅花，可以比「花色」；也有十二生肖，可以比「順次」。「文比」是每個人出同樣張數的牌，然後聚合，再分派給玩家，依照規則比完，這比較有點靠運氣，分到手中的牌和出的時機，就完全決定了勝負。

多數人喜歡「武比」，其方法名喚「抽泰山」，玩家各出同等張數的牌，疊合成一落，指定某一張牌，然後手執另一張，只要將這張牌打出牌堆，成孤立的一張，就可以全數拿回；有時候，則會畫一個三角形或圓形，將牌置放其中，打出這個圈子的牌，就歸其所有。這就需要一點技巧了，而且手勁大而穩的就比較占便宜。我都是蹲坐在地上玩的，因此較容易瞄準，手勁又夠大，所以玩「抽泰山」時，總是贏多輸少，這也變成我賺取零花錢的一大「生財之道」。

儘管國二那年的「大事」，打消了我的「玩興」；但是，我對「尪仔標」的興趣還是深濃不減的，只是，我換了一種方式，跟年幼的小弟弟「買」，用來收藏，直到高中畢業前，我收集了將近二百張的「尪仔標」，藏放在母親遺留下來的縫紉機的抽屜裡。可是，大一寒假回家時，這台報廢的縫紉機就被當廢品賣出去了，當然，「尪仔標」流離失所，也不知下落如何了。

直到後來繼續升學、教書，我還是對這些失落的「尪仔標」，有濃厚的「故劍情深」的懷念。在大學開講「民俗與文學」課程，我總會不厭其煩地講說這段往事，因為裡面承載著我永難抹滅的兒時記憶。

我曾經發願要寫一篇有關「尪仔標」與台灣五〇、六〇年代童趣關係的論文，所以曾上網搜尋過相關的「尪仔標」，但網上藏家所收藏的，往往都是六〇年代的了，五〇年代的絕無僅有，更別提四〇年代的「鴨蛋牌」了；而且，售價都非常高昂，實在也狠不下心去買，遷延至今，還是一事未成，既遺憾又感傷。

結婚、生子後，兩個小兒所玩的童玩，已經沒有「尪仔標」了，我一直很引以為缺陷，雖然屢屢去一些仿古的「柑仔店」去買，小孩也興趣缺缺，八〇年後出生的年輕一代，早已是不知有太空飛鼠、四郎真平，無論是史豔文、藏鏡人了。

或許，「尪仔標」的時代，一如我年輕的歲月，是一去不復返了，張張卡卡，滴滴點點，對我來說，仍然濃稠到化也化不開、淡也淡不了。我總以為，「尪仔標」不僅僅只是一個故事，一個台灣四〇到六〇年代的集體回憶，故事中還有故事，迤迤邐邐記錄了台灣童趣的歷史，可供回味，可資緬懷，也可以當研究台灣社會變遷的題材。

謹以此文，奉獻給四年級、五年級、六年級，曾經共享過那段美麗又令人哀愁時光的「老」朋友。

「抽抽樂」的童趣

幼年時期的我，是向來不受拘管的野孩子，無論在校、在外，都一定玩到滿身汙穢、衣裳髒亂，然後才肯回家；當然，這難免會引來家中大人的斥喝與責罵，偶爾會挨上幾下板子，但皮繃得緊緊的，痛兩下，也阻止不了我那顆野放的心。

儘管當時的社會普遍窮困，罕見有如現在聲光化電的娛樂，但能玩、堪玩、想得出的玩法，永遠是出乎意料之外地多，那種「童趣」，絕對是當代的小朋友所難以揣想的。

我發現，其實我從小就是很愛錢的，長大以後，似乎總也改不了這樣的一個毛病。愛錢有兩個不同的傾向，一是捨不得花用現有的錢，所以省儉得異於常人，一枚銅板，也是像項羽一樣，「印刓弊，忍不能予」；一是花出去了，就會千方百計，想著如何可以如青蚨返家般，還帶回來更多的同伴。

我大約是屬於後面的一種，可惜的是目光如豆，匪人又多，千金散盡，總不歸來。我是讀「經書」出身的，但其實我最喜歡讀的不是九經、十三經，而是「生意經」，又可惜的是該讀的未曾好好地讀，讀過也便忘卻；喜讀的則往往是「誤讀」，滿肚子的「生意經」，卻從沒讓我「欣欣此生意」過。

兒時的「童趣」，有時是見不得光的，小偷小竊、大話大聲，儘管有可能挨板子，卻不會心虛；但只要一牽涉到「錢」時，那問題可就沒那麼簡單了。很多的「童趣」，都是建立在「賭」上面的，從尪仔標、橡皮筋、玻璃珠，到酒瓶蓋、冰棒棍，無一不可「賭」；至於撿紅點、十點半、捉烏龜、玩三國等棋牌戲，更是真刀實槍的Table game，這可不是可以光明正大「上桌」的了。但其中卻有一種現在名之為「抽抽樂」的玩意，卻是介於光明與黑暗之間，讓我樂此而不疲地去「期待」花小錢而中大獎的快意。

抽抽樂的形製很多，主要是一種「籤牌」遊戲，籤牌分一百二十檔、一百六十檔、二百四十檔三種，一張大而長的，繪滿動人漫畫的圖紙，上面掛滿了十足具誘惑力的物品，玩具手槍、汽球、橡皮筋、塑膠人物、布袋戲偶，可謂應有盡有，上面標識著中獎號碼，抽一個籤牌，對號給獎，最大獎比率約是籤價的二十到五十倍左右。在林林總總不一的抽抽樂當中，最吸引人的莫過於「抽紅包」了。

「紅包」是小朋友年紀者的最愛，早先的時候，法律規範較寬鬆，「抽紅包」遊戲是將一張張的鈔票，直接黏貼在上面，紅紅藍藍綠綠，獎額是與時俱進的，最高獎額從五元、十元、五十元到一百元都有，看得人心神都醉。籤牌一枚也從二角、五角、一元到二元，隨時間不同而調漲。在這些花花綠綠的鈔票下，則掛滿一個個的紅包，凡在限定範圍中的號碼，都可自由選取一個，憑運氣兌獎。後來法禁開始嚴了，不許秀出鈔票，就以籤牌中的人物名稱，對照圖示中的人物。

賭博是從來沒有公平可言的，籤牌中的號碼，都是精算過的，絕不會讓「小賣」虧本，而且大獎兩個，必然只會有一個「紅包」抽中，多的一個是用來妝點騙人的；「紅包」不過是薄薄的一個袋型紅紙，透過電燈，就可以看到獎項，所以有些比較無良的「小賣」，會偷偷先拿下來，這是我「三折肱」之後的寶貴經驗。

我也當過「小賣」。小學五年級的時候，剛好逢上九年國教、免試升學。當時母親為了增添家計，就開了個小賣攤，當時我算術還是不錯的，又沒有升學壓力，所以照顧攤位以及一應的採購、經營及會計的重責大任，都由我全權負責。這時我的「生意經」天分就完全顯豁出來了，剛巧逢到過年，生意之鼎盛，當然就不在話下了，而進帳最多的，當然就是非「抽紅包」莫屬了。

在此之前，我就對「抽紅包」樂此不疲。記得當年祖母猶然健在的時候，每逢過年，都會有許多親戚前來拜年。每一年，我最期盼的就是一個遠房的堂姐，她比我大三十歲，叫我舅舅的外甥，年紀只小我一歲，她也是做「小賣」的。她為人最是豪爽，每逢過年來訪，一定就會帶來一張「抽紅包」的遊戲，交由我分配，然後眾家親戚的小朋友，直接「抽紅包」，就可以跟她兑換成壓歲錢，當時我簡直是將她當「財神爺」般看待的。我雖是向來大公無私的，但能夠偷偷占點小便宜的事，卻也做過不少，當然在分配之際，也落下比別人較多的好處。

這是我「迷戀」上「抽紅包」的因由，故此每有幾個閒銅板，就會想去一搏手氣。下場當然是不會好的，就是連銅板都沒法叮噹響的時候，就用「掛帳」的方式，幾個月下來，居然積欠了二十元的債務。當時的二十元，對我來說簡直是天文數字了，我成天提心吊膽，深怕小賣店的來追債，更怕他索債不成，便告訴我父親。父親向來是很嚴肅的，生平最痛恨賭博，我像是通緝犯一樣，躲躲藏藏，小賣店在上學必經之路上，我只能遮遮掩掩、閃閃縮縮的，怕不小心被他瞧見，偏偏我又沒法跑快，說起來有多狼狽就有多狼狽。

小賣店倒沒有這麼「不講道義」，倒不曾登門要債，而好消息竟在不久後傳來——他們搬家了！天哪！這時我的欣喜雀躍，大概只有後來讀書時讀到杜甫「劍外忽傳收薊北，初聞涕淚滿衣裳」的心境足以形容。

可惜，才剛剛「喜欲狂」不久，有一天，竟發現他當了不速之客，遠道跑來我父親的藥鋪，而且還竟然跟我父親提到我欠了他二十元的事！那時我正在幫父親搗磨藥粉，簡直嚇到我全身都是汗。父親的臉色，自然不會好看到哪裡去，但還是客客氣氣地向對方道歉，並說可以代償。最後是對方婉拒，並表示無意來要債而平靜收場了；父親更迴異於前，竟舒緩了臉色，不過瞪了我一眼，罵聲「夭壽仔」，如是而已。但是，我當時心靈的衝擊與震撼，卻是後來一輩子裡永遠無法忘懷的。

從此，我「應該」是戒了「抽紅包」的惡癖了，最多不過在真的還有銅板在口袋裡叮噹響的時候，以「童趣」之心，真的去「抽抽樂」一番而已。

最後一次玩「抽紅包」時，已經是三十多年之後了。那時家裡兩個小孩尚小，父親也猶然健在，過年返鄉時，攜家帶眷，二哥家裡也是兒孫濟濟一堂。我當時突發奇想，便又倩人帶我去當年批發的店家，買了一紙「紅包檔」，呼叫這群小輩，一個個前來「抽紅包」，我還是居分配的地位，只是換我作「財神爺」了。我用滿溢著回憶的眼神，看著這一群興高采烈的後輩小朋友，竟忍不住眼眶濕潤，流出自己也不知緣由的淚水。

舊遊總角，往事仍歷歷在眼前，而今又是匆匆二十多年了，「童趣」縹緲如夢，垂老之身，竟有千斤般的沉重。撥開這些雲雲霧霧，我決定，明年春節的家族聚會，我要多買幾個「抽紅包」，看看還能不能喚回幾絲當年「抽抽樂」的影子。

輯二　從孫子到爺爺

從「孫子」到「爺爺」

人的一生之中，由於身分、職業、朋友圈、地位……的不同，無論你想不想、喜歡不喜歡，都會有很多「名字」。古代文人是非常講究的，除了姓不大能變外，有名、有字、有號、有別署，多到讓人老是記不清楚，但往往都是一絲不苟的。

多數人的名字，大多是別人取的，即使偶然自我命名，也都是別人用來稱呼或形容你的，甚至有些名字是只適合別人稱呼你，而不適合自稱的，所以十幾年前，有個人動不動自稱是「第一夫人」時，就常令很多人忍俊不住。據說常常把自己名字掛在嘴邊的人，都是自我意識非常強的自負、自傲、有己無人的人物，我倒也真的見識過幾個。

現代人一生下來，在報戶口的時候，就會登記一個名字，從此，無論是大丈夫或本小姐，就是「行不改名，坐不改姓」，成為一生的標記了——當然，依據《民法》條例的更名，或是「鮭魚式」的命名，又得另當別論。

命名是件大事，有時也是有其規則的，像我家族就依族規，第二字是「保」的排行，這是攸關輩分的。明朝的皇家子弟，則是用五行相生命名的，從太子朱標、成祖朱棣的「木」字邊開始，到惠帝朱允炆、仁宗朱高熾的「火」；宣宗朱瞻基的「土」、英宗朱祁鎮、景泰帝朱祁鈺的「金」；憲宗朱見深的「水」，再回轉到孝宗朱祐樘的「木」，終始輪迴，代代相生。

第三個字就很難說，不是父母親的鍾愛，就是算命先生據《姓名學》命定的。我曾調查過一班的學生，父母親的鍾愛、期盼與算命先生的推算、命名，各占一半，無怪乎這一行業蒸蒸日上，連我都想軋上一腳了。但也有隨意翻檢字典命名的，我一位大學同學，父親取名「如玲」二字，就是如此而來的。這名字倒是取得好，因為一聽到她悅耳的聲音，我的耳朵就玎玲玲地迴蕩著美妙的樂音，令人陶醉。

台灣人取名，過去是非常「男女有別」的，「罔腰」、「罔卻」、「罔市」、「招弟」、「尾妹」等，肯定都是女生，取其隨便養養或招來男弟的意思；現在基本上是不會再出現了，除非是想當網紅的人，自我解嘲、搞笑，來個語不驚人死不休。

我的末字是「淳」，有水，想來應該是算命先生依命盤取的，但這個字在客家話裡唸「孫」，所以從小都有個「阿孫」的小名。我的祖母最是疼我，常隨身攜帶我東走西串，逢人便說，所以我這「阿孫」的小名不脛而走，街坊鄰居，沒有一個不知道我祖母有個這樣的一個「金孫」的，反倒是「保淳」二字沒幾個人知道，我就名副其實地當了好一陣子的「孫子」，每個人都儼然成了我的祖輩——還好，我姓林，不姓歸，否則從小就是「龜孫子」，這可與我個性大有違拗了。「孫子」雖然不怎麼令人滿意，但相較於司馬相如的「犬子」，應該還是略高數籌的，至少不是阿貓、阿狗。

不是我誇自己，我真的是很「淳」的，可是很多人常唸錯，唸成「敦」，高中時的教官鄉音很重，竟唸成「鈍」，從此，我就開始了另一個「阿鈍」的時代。「孫子」長大了，可卻成了個「呆子」，偏偏我的中名是由「呆人」合成的「保」字，說多冤枉就有多冤枉，所以我常常「自作聰明」，企圖刷洗這個恥辱。但自從「留級」以後，我就一直很懷疑是不是真的就是個「呆人」。直到老來，這印記顯然都是消除不了的，很多親友，都苦口婆心地勸我安分守己一些，別傻笨傻笨地老愛發書生牢騷，搞到我分不清自己到底是「愚不可及」，還是「其愚不可及」了。

大學時代，我名字最多，除本名外，大多都是自己取的。那時一心想當文藝青年，更想為文以作稻粱謀，每有空閒，就奮筆直書，在校園中各學院的小報刊上投稿；由於實在寫得不能令自己滿意，又深恐機密洩露，羞於見人，就往往改用筆名。名字是多到我自己都不記得了，唯獨是常不知不覺地就用了「白白」或「二白」。人家問我取名緣由，常會與「太白」作不當的聯想，其實都離譜到有十萬八千里的差距，因為我自家明白，當時正因暗戀、明戀，逐次失敗，心裡一直嘀咕著，「白痴、白痴，怎就笨到連一個女朋友都交不到呢」，雙重「白痴」，自然不是「白白」就是「二白」了。這也是冥冥之中的必然，白白費功、一窮二白，我終究只能當文藝創作的逃兵，躲進學術的象牙塔中。有時想想，我還真的一輩子注定印記在這個「保」字上了。

果真如此。現在我最常被稱呼的，就是「阿保」，「阿保」來，「阿保」去的，聽聞者習以為常，連應該恭恭敬敬稱我為「老師」的學生，也偶爾會不自覺地就脫口而出。我想，這應該是屬於「暱稱」了，平易近人，藉表親切，我也只能「欣然接受」。

這些名字，其實我是不太滿意的。所幸，當年有幾個學妹替我取了個既有架勢，又不失風流的暱稱——「保二爺」。讀過《紅樓夢》的我，當然自然又然地與大觀園中、眾香國裡的那個「寶二爺」聯想在一起，浮想聯翩，就自顧自地「假寶玉」起來，異想天開，成日想入「太虛幻境」，能嘗到女生嘴上的胭脂，可教人失望的是，連一雙冰冷的小手都沒有牽到過。不過，話說回來，神馳意飛，而今想起，還是有幾分青春悸動、不足為外人道的喜樂。

往後的日子，尤其是後來夤緣進入《中央日報》，主編「長河版」，為了版面補白，不得不以不同的化名，寫些文學、文化的文普文章。取名都是隨心所欲、信筆點畫的，心血來潮，就用朋友的名字，還害得其中一位叫「阿足」的朋友，成天被人追問，佩服到連他自己都不好意思。

說起同儕友伴，彼此互創綽號，這是免不了的。從小，我就擅於替人取綽號，這當然不是武俠小說裡那些名震四方、驚動武林的綽號，而是帶有點嘲弄、逗趣性質的暱稱。小學時，一位同學常放其聲宏大的響屁，我心血來潮，就給了他一個「屁雷」綽號，倒也使得他「聞嗅而知人」。同寢室的室友，「阿足」被我叫為「阿ㄎㄚ」，一個姓邵的被呼為「燒哥」，還有一個名字有「山」的研究所同學，被喚為「山賊」，都是我的傑作，至今猶流傳在我們口耳之中。最有趣的是「大頭」，頭真的是很大，約莫可以和武俠小說家古龍等量齊觀，我也就徑以「大頭」名之，殊不料很多人分不出到底是哪一個「頭」大，甚至有人不服氣，偏就要跟他「較量」一番，鬧出不少笑話。

當然，朋友們也不會客氣，回贈過一些實在不能登大雅之堂的綽號，其中我最不滿意的就是「二師兄」。每次作方城之戰，上家不情不願地打出一張牌，就要嘟囔一句，「給二師兄吃」。二師兄當然就是《西遊記》裡陪唐僧去西天取經的那個天蓬元帥了，自然我是忍氣吞聲，但要含笑接納的；可過分的是，每當我要去洗浴的時候，他們竟說我是「朱自清」，用燈謎的諧音大肆嬉弄。

其實，這也不見得不是「名實相副」，大師兄孫悟空不就是常呼他為「獃子」嗎？有時想想，這也是緣分巧合，我是讀中文系的，在必讀的孔家書中，最欣賞的就是那個「晝寢」的宰我。說起「晝寢」的功力，我也肯定是「當仁不讓」，而且是出了名的。猶記當年上周富美老師的《墨子》課，我蹺課蹺得太凶，連自己都覺得有愧於良師。於是，有一次，就向周老師自首，對我的蹺課致上深切的歉意。沒想到周老師一點都不怪罪，只淡淡地說了一句，「沒關係啦，反正你來了也是在睡覺」，害我羞慚得就想一頭鑽回我的雲棧洞裡。

我自認睡功是不會遜色於陳摶老祖的，而且，「呼聲」也一定比陳摶高，有時候老師的講說聲，可以與我的鼾聲並作，譜成交響樂，往往有勞死黨老蔣和「山賊」從旁制止，而從此，我們三人有個「三賤客」的合稱。這個「賤」字，倒沒有想像中那麼「賤」，而是我們三人的高級英文成績，被齊邦媛老師評為71、72、73，全班中最是低賤，這還是她手下留情的了。英文，是我們「三賤客」的最弱項，別說是自己故步自封了，就是再怎麼認真學習，大概也不會長進到哪裡去。反正我是靠中文混飯吃的，英文何有於我哉！更何況，孔老夫子不也說過嗎？「吾少也賤」，君子居於中國，又何賤之畏哉！此所以我到現在還是很「賤」。

自有網路以來，我的「賤名」也使用過非常多，雖云「暱稱」，其實是「匿稱」，將自己的「本尊」藏匿起來，像孫悟空拔下毫毛，張口一吹，就可以化身千萬。說起來也可以算是一四五〇的祖師爺一輩了。不過，他們「青出於藍」到處抹黑、抹紅的本事，我就望塵而莫及了。至於「賤名」如何，那就「不足掛齒」了。

自從我不當文藝青年之後，就決定作個老學究了；但我向來羨慕武俠小說裡那些英俠之氣十足的綽號，既是書生，就何妨從中也武俠一番？於是，我抄襲了古龍《多情劍客無情劍》的名號，自命為「百曉生」。這本來是有幾分自我解嘲意味的，「書生」，就是書沒讀熟；然則，「百曉生」豈非也正是「雖云百曉而皆生」？可不料「誤讀」者多，以虛當實，我竟然就成了「武林百曉生」。可是，古龍小說中的百曉生下場可是很悽慘的，我可不想讓「李尋歡」一刀給宰了。不過，百曉生作《兵器譜》，評騭眾家武林名人，我如今寫武俠史，月旦諸武俠作家，或許也可算是志趣相同的了。只希望我的武俠史，可以像《兵器譜》般如此令人信服。

誤入塵網中，一去六十年。在這一甲子多的歲月中，我從孩提、沖幼、少年、青年、壯年、中年，到老年，一路成長，身分、職業、儕伴，各有不同，為人孫、為人子、為人師、為人夫、為人父，許多名字，都隨著不同年歲的增長，在我一生的經歷中刻寫下印記，如今我又多了個「爺爺」的身分了。如「孫子」到「爺爺」，黃髫成白首，而我究竟是誰？有時還是頗為懵然的。哲學家說，名字是一個人自我認知的開始，我不是哲學家，只能將名字從頭說起，讓別人觀瀾索源，認識認識一下「我」。

知我者，其惟名字乎？罪我者，其惟名字乎？

白腳的鐵鞋

在我四歲的時候，罹患了小兒麻痺症，當時台灣還是對此病症不太了解，更尚未引進沙克、沙賓疫苗，父親算是個中醫師，也不過視之為一般感冒的嚴重發燒，搶治一段時日，雖說已然痊癒，但雙腳萎縮，已是無法久站，更遑論與正常人一般行走了。

四歲以前的事，我記得的不多，印象最深的是，當時父親在四號橋邊租賃了一個小店，販售中草藥；母親每天中午，都會牽著我的小手，提著飯盒籃子，替父親送飯。我總是吵嚷著要自己提拿，就這樣，母親牽著我的左手，我右手提著盒籃，從光明新村的宿舍走到四號橋邊。這時的我，還是正常的，一路上雖不是活蹦亂跳，卻也是規行矩步，這是我唯一記得的走路情景。至今我依稀還能聽到，父親接過盒籃時，那慈祥而又和藹的「乖」字。

父親是幾時開始在四號橋邊租賃土地蓋造房子的，我已印象模糊，更渾然忘了我究竟是在搬家前還是搬家後才得病的，只知道我在四號橋邊長住到我二十歲考上大學那年；而這麼長的歲月，我都是爬著、顛著、跛著，吃力而蹣跚地走過來的。

那幾年，罹患小兒麻痺症的小朋友很多，它的傳染性非常強，我弟弟也被我傳染了；所幸他只是輕微的長短腳，不像我，下雙肢幾乎都萎縮起來，唯有左腳還稍微可以著地出力。那時的同患者，通常都會穿鐵鞋，雙腳用沉重的鋼條架撐住，拄著雙枴，用手臂的力量推動全身，晃蕩出去，然後站穩，再努力跨出下一步。鐵鞋著地鏗鏗作響，汗水涔涔而下，不用望見形象，就能夠知道是誰來了。

我是非常不喜歡看到這樣的景象的，因為我看多了旁觀者那儘管帶有著憐惜，卻是格外刺眼的異樣眼光。在我看來，鐵鞋就是個病徵，一旦穿上，就等於深深鐫刻著「不正常」的記號，我時時刻刻提醒著自己，其實我是「正常」的，我害怕鐵鞋，更怕招惹到的異樣眼光。

我不曉得為何父親當初沒有讓我穿鐵鞋，聽兄姐說，是我堅定而又固執地不肯穿上的。小時的倔強，我已不記得了，但我還記得高中的時候，大哥專程帶我北上，找了當初資助鄭豐喜的再世義肢院院長。我在那第一次遇見我心儀的偶像。院長發現我的下肢早已變形，無法像一般人併腿而坐了，強烈建議大哥一定要替我穿上鐵鞋，鄭豐喜甚至掀開他所穿的鐵鞋給我看，勸我一定要穿著。

大哥是銜父命而帶我去的，我拗不過，只好勉強配備了一雙鐵鞋南返。回到家中，父親命我穿著試走，我穿著穿著，沉沉重重的鐵鞋，艱艱苦苦的步履，眼淚卻不爭氣地偷偷流了下來。夜深時刻，我對著那雙父親花了不少錢訂製的鐵鞋，覺得心裡比鐵鞋還要沉重。可是我倔強如故，推說上下學會很辛苦，要求父親讓我住校。其實，我是想避開家人的逼迫，因為我就是抵死不願意被人標示印記。

我住宿時間很短，就不過一週的時間；二哥騎車載我與行李住校，還特定將鐵鞋帶上，並請教官盯緊我，一定要我穿鐵鞋。可天高皇帝遠，教官也沒法時時看著我，偶爾說個兩句，也就隨我任性了。我藉故取消住宿，回家的第一件事，就是將鐵鞋密藏在天花板的隔欄中，來個眼不見以為淨。那時我年輕力壯，行動雖略有不便，但依舊是生龍活虎，家人也疼我愛我，不願違逆我的性子，直到後來，我始終就沒有穿過一天的鐵鞋。

就這樣子，我雙腳「輕快地」擺盪了幾十年。走路的時候，我用右手扶住右腳著地，然後左腳使力，搖搖擺擺、顛顛跛跛地邁步，只要稍遠的距離，就是滿身滿頭的大汗，右膝上的大腿部位，磨娑出一層厚厚的繭，破皮的時候，疼得讓我咬牙切齒，左腳布鞋穿不上一個月就磨穿好幾個洞，可我的心卻是自在而飛揚的。體力強壯、精力充沛的我，上山下海、打球嬉鬧，沒有鐵鞋拘束的日子，連心靈都躍揚了起來。

但這也是得付出代價的。我的坐姿非常不雅，雙腿無法併攏，坐時必須將右腳高抬，架在椅靠上，大開大敞，頗有點箕踞的意味；更為自己帶來了「白腳」（擺腳、跛腳）的譏嘲。

我生平最是痛恨這兩個字，我不穿鐵鞋，就是不想被如此認定，因此，每次都會與同儕發生鬧吵。但我想我是在掩耳盜鈴了，不穿鐵鞋，難道人家就看不出來嗎？鄰居有位眷村的伯伯，每次看見我就呼叫我「白腳」，我有次真的忍不住了，就大聲向他抗議，請他不要這麼侮辱我。沒想到，他卻一本正經地說，「你本來就是白腳嘛，這樣叫你有什麼不對？」他分明就是在強辯的，但卻如暮鼓晨鐘般驚醒了我。我真的就是「白腳」，不管我願意不願意，都改變不了這個事實，何不就坦然接受呢？我想我是應該感謝他的，因為他讓我真正認清了自己。

擺手擺腳，不免撲朔顛躓，說真的，是非常辛苦的。所幸從高中到大學，都有一些同學會牽著我的手走路，這不但讓我省卻許多力氣，更結交了不少的好朋友。大三那年，在一個醫科學長的勸喻下，我動了一次切筋的手術，開始拿起了枴杖。有枴杖的助力，我的步履不再蹣跚，也能走更長更遠的路，但我還是婉謝了醫師的建議，還是不願意穿上鐵鞋。

至今我不曉得當初我執拗的決定是對還是錯的。可我知道，無論我有沒有穿鐵鞋，我依然就是個如假包換的我，走過的路，無論是怎麼走過的，終究都是走過了，無須遺憾，也無須欣喜，風風雨雨、陰陰晴晴，就是那條路，那條不知何時可以走完的路。

偶然看見網路上張貼的一張老照片，是三個罹患小兒痲痺症的小朋友，穿著鐵鞋、拄著雙枴，可笑容卻是如此的可愛與燦爛。我心裡酸酸楚楚的，他們的路，是怎樣走過來的呢？我想，自己應該還算是幸運的，也真心希望他們比我更幸運。

水的挑戰

小時候的夏天，最是燦爛又絢麗的，無論陽光再如何潑灑，汗水再如何淋漓，藍天白雲、鳥叫蟬鳴下，總少不了我們一群野孩子的撒潑，反正再野再瘋，家長既是沒有時間管束，也是實際上約制不了，只得任我們去瘋去野，最多罵一句「夭壽仔」，就可以雨過天青了。夏天，又正逢暑假，無疑就是孩子們最嚮往的季節。

放暑假的夏天，不用上學，沒有功課壓力，不必講什麼儀容禮節，一條內褲，打著赤膊，往往就可以在外面晃蕩到太陽西下，才意猶未盡地回家吃晚飯。追趕跑跳碰、玩偷騙打蒙，幾乎是毫無忌憚的。其中唯一需要提心吊膽、偷偷摸摸的，就是去偷游泳了。

在我那個小時的年代，整個新竹縣內，只有一個縣立游泳池，距離家中既遠，又要收費，我們鄉下小孩是不作興去那邊挨挨擠擠的；所幸野塘甚多，水又清澈，不免就成為小孩們群聚消暑、大打水仗的去處。

但是，偷跑去游泳，卻是家長最擔心的事。那時候，每年夏天，都會有一兩樁淹水溺斃的事件發生，大人都屢屢以「水鬼」抓交替為戒，是絕不允許小孩去游泳的。但這無論如何也都阻擋不了我們抵抗燠熱夏天時，清涼消暑的水的誘惑。我們會想盡辦法，偷偷摸摸而去，然後鬼鬼祟祟地回來。為了避免內褲潮濕，反正那時候還沒有什麼男女的性別意識，通常都是光著屁股下水的。不過，魔高一尺，道高一丈，家長總能察知我們有沒有偷跑去游泳。最簡單的方法，就是用手指頭在我們手臂上刮劃一下，如果會出現反白的痕跡，那就免不了要挨幾下手心板子了。後來我們學乖了，就會在回家之前，將全身弄得髒兮兮的，再刮也只能刮出汙漬，以此逃過一劫。整個夏天，常常就是這樣「鬥法」鬥過去的。

說游泳，其實是太抬舉自己了，多數的小孩，就是在玩水，能自行打水飄個三、五公尺，就很足以傲視群孩了。我本來是不敢下水的，因為我腳搆不到水底，只要水深超過我蹲下來的高度，就會整個沉下去，所以始終戒懼甚深。但總是耐不住同儕與清涼的誘惑，還是鼓起勇氣下水了。有時候，借到游泳圈，也敢趴伏在上面，往水深處划去。直到小五那年暑假，一個不留神，從游泳圈上傾覆下來，嗆足了一肚子的水，為同儕救起，才算告別了童年與水的一段因緣。但是，就是那麼幾次與水的親密接觸，清綠的池水、沁涼的溫度，卻總是在我心頭迴蕩著波紋。

國中的時候，開始步入青春期，往昔光著屁股下水的事，再也不敢嘗試了，整整三年，唯一的游泳經驗，卻是傷感而驚沮的。

國二暑假，剛剛考完期末考，幾個同班同學提議去新竹縣游泳池游泳，這是我第一次去正規的游泳池，當然也就躍躍欲試了。卻不料，當時同行的友伴，竟然有一位溺斃了。他的父親傷心欲絕，控告游泳池未盡到保護、救生的責任，將我們幾個同行的列為控方證人。

當時我對法院的印象，就是壞人才會去的地方，因此心中的憂懼害怕，是可想而知的，但卻是不得不出庭作證。輪到我作證的時候，我心驚膽跳，戰戰兢兢，深怕一句話說錯，就會被抓去關起來。那位面帶嚴肅，不怒而威的法官，打量我幾眼，開口就問：「你為什麼要去游泳？」為什麼？我哪知為什麼啊？就是同學相邀，我也想去而已，我就照實回答了。法官再問，「你會游泳嗎？」我說「不會」。「那你去做什麼？」這話問得我目瞪口呆，心裡有很多話想講，卻一句話也講不出來。我常想道，如果換成現在的我，我就會毫不客氣地頂撞回去，「不會游泳，就不能去游泳池玩嗎？」但其實我內心是知道他的想法的，「明明身體有殘障，就應該乖乖待在家裡，幹麼還東跑西跑的，出來丟人現眼？」

類似的事件，其實我早已遭逢過非常多次了，這也是當時很多人的觀念。受此觀念影響，當時有很多家有殘疾者的人，往往都引以為恥，將殘疾者關鎖在家，免得受人嘲笑。我記不得當時的官司到底是勝是敗了，但這次法庭的屈辱經驗，卻讓我暗中下定決心，我要向水挑戰，也向所有歧視殘疾者的人挑戰，我就不相信我不能游泳！

考上新竹中學，是我實現決心的一個契機。當時的辛志平校長，辦學強調五育並進，體育一類，更是絲毫不放鬆。每年，我們都有越野比賽、游泳比賽，在游泳方面，規定了竹中每位學生，都必須能游五十公尺才准許畢業。我是在例外之列的，但是，我不想例外，決心要打破這個慣例。

竹中的游泳課是非常有趣的，一次泳課，都是好幾個班級一起上，除了因病請假、值日生、殘疾生外，每個人都是就地圍著上衣，換穿游泳褲。第一次上課，我是早先就換好游泳褲了，但卻擔心體育老師不容許我下水，掙扎躊躇了老半天，終於還是鼓起勇氣，向體育老師提出要求。當時的體育老師是盧威雄老師，他是游泳健將，最擅長蝶式，穿起泳褲，身材之健美，人人都欽羨不已。我實在非常害怕他拒絕我的請求的。但是，出乎意料的是，他竟然說，「可以呀，為什麼不可以？」他當時一定不知道，就這簡簡單單的「可以」兩個字，對我這一輩子有多大的影響！畢業那年，我上台領獎，當著兩千多位學弟的面，我說道，「我在竹中念了四年，最大的收穫就是學會了游泳，這都要感謝所有體育老師的鼓勵與指導」。這真的是我純一無假、真心實意的感謝。

游泳課在下水之前，照例是要先做一些柔軟體操以暖身的，就在這個空檔中，由盧威雄老師開始，各個體育老師輪流，悉心教導我一些基本動作：汨水、屏氣、吐氣、打水、划水，儘管這期間是不知嗆了、喝了多少的水，但從三公尺、五公尺、十公尺、二十五公尺，在短短的三週之內，我居然就可以游到二十五公尺，還是綽有餘裕。

我終於學會了游泳！而且蛙式、仰式、自由式到蝶式，雖說姿勢不怎麼標準，卻也都還是有模有樣的。我幾乎每天中午，在第三節課後就先將便當吃完，然後迫不及待地就往游泳池跑，游個精疲力竭的，就是下午上課時拚命打瞌睡也在所不惜。水，從我所挑戰的對象，成為我最親密的伙伴，飄浮、徜徉在清涼淨澈的池水中，雖不敢自謂為乘風破浪於碧海中的鯨鯢，卻也頗有悠游於濠梁之下的魚之樂。我常會帶著幾本書，在游累的時候，偶然閒翻，又偶然看向藍天上的白雲、池水中閃耀著陽光的浪花，可惜那時還沒有讀過〈逍遙遊〉，否則定當也有鯤魚化身為鵬鳥的喜樂，即使身軀再如何沉重、海風再如何無力，我還是可以搏扶搖而上，從北溟飛到南溟。

或許是我作了個相當好的示範，新年級的學弟中也有幾個身罹殘疾的，也紛紛向體育老師表態，也希望能夠學游泳，其中有一位是穿著鐵鞋的，無論穿與脫，都是非常不便，但也毅然決定非學會游泳不可，最是令我佩服。

高二那年的水上運動會，辛志平校長得知有四位殘疾的同學已學會了游泳，特別在賽事中舉辦了一個表演賽，從我們四人初初下水開始，全場的掌聲、吶喊聲、加油聲，

我與三位同學在高二水上運動會的合照

就從未停歇過，短短的五十公尺，就如一場交響樂的長奏，不知帶給我多少的震撼與鼓舞。當時我在第八水道，拚命往前游，一位熱心的同學，從起點就一直在池緣跟隨著我，耳邊一直傳來他加油、鼓勵的聲音，那時的感動，至今仍是忘懷不了。

沒有人會在意我們四個人的速度與名次，賽後，辛校長親自頒獎，還與我們合了照，這是我唯一與辛校長的合影，彌足珍貴，每次翻閱到這張照片，總是讓我不由自主地懷念起這位一生奉公守法、堅持教育理念的好校長。遺憾的是，當時合照的，以及在池畔鼓勵我的忘名的同學，畢業後各有歸止，竟如孤鷹斷雁，天各一方了。

人的一生，總是面臨著種種的挑戰，尤其是像我這樣的人，前途更是荊棘重重，誰也無法逆料自己將會遭逢到怎樣的困難；而最可珍貴的，就是在整個過程中，總是會有一些始終或明或暗，支持、鼓勵的朋友，作為我們堅強的後盾。在新竹中學四年，我是受惠獨多的，一點一滴、一人一事，都深鐫於心版上。

上了台大，這是我夢寐都沒想望過的最高學府，也是我後半生的起始點，無論人事時地物，都有長達十五年的深刻記憶；但最值得一提的，也還是游泳的經驗。

當時觀念未開，所以當我興致勃勃去游泳池申請游泳證的時候，負責的教官是不敢遽作決定的。於是，我先向體育組長申訴，體育組長也不敢決定，又往上報至訓導長；最後由訓導長拍板定案——考試！我想，這應該是破天荒的一次紀錄了，不過是申請一張小小的游泳證，就得經過校方的測驗，才能決行。但這當然難不了我，就在教官、體育組長、訓導主任一群人眾目睽睽的「監看」下，我一下水，就如一條得水的游魚一般，三下兩下就游了來回一遭，回來的時候，竟然是一個人影都不見了。我料想是通過了測驗，也獲得了大學四年從未間斷過的游泳日子。

當年宿舍有好幾個從南部來的旱鴨子，也從來沒有下過水，我便開始化身為指導員，依照當初盧威雄老師傳授的心法，一一從頭教起。他們的進境很快，不過兩三次，無論姿勢、速度、泳程，就遠遠將我這個教練拋閃下去了。儘管如此，我還是往往得意洋洋地看著他們如水中蛟龍般在水中穿波掣浪的英姿，比自己下水還要欣喜。

對我來說，面對水的挑戰，儘管只是我一生中面臨的無數挑戰之一，而且也絕對不是最艱鉅的；但是，從畏水、嗆水、喜水，到寖至與水成為密友的過程，卻也為自己帶來無比的信心，我向是不肯服輸的，向水挑戰的成功，更讓我敢於直面橫梗於前途中的種種困難，我無懼無畏，也不計較是得是失，我既然敢下海了，當然就不會再害怕各種的風風雨雨、波波浪浪。我敢爬山，走向雲霧深處；我敢蹚渾水，往艱難處碰撞；我敢冒險，往不毛處開拓。在往後的日子裡，無論交友、求學、求職、婚戀，乃至學術研究、議論時事，都是一以貫之，雖說常是屢敗而屢戰，卻也是愈戰而愈勇，無所猶疑，更不計較成敗與得失。惡水我都敢於挑戰了，又何懼畏於其他？

只是，年歲漸長，窘困於求職、學術、經濟，除了小朋友尚然年幼的那幾年，我還會帶領他們練習游泳外，與水的因緣，是一年比一年疏遠了，屈指而算，竟已有超過二十年未與水再有親密的接觸了，雖幾度暗下決心，卻總是因故而廢。只如今，年老體衰，手腳遲鈍，遙想當年，魚躍於淵的日子，竟不知何時能再了，不能不令人倍感欷歔。

挑戰猶在，我將如之何呢？當萬字平戎策，只能換作東家種樹書的時候，我的心湖，是不是已再也掀翻不了波浪了？我真的沒有答案。讀著曹孟德的「老驥伏櫪，志在千里；烈士暮年，壯心不已」，照看一下鏡子裡的自己，多懷念當年「早歲哪知世事艱，中原北望氣如山」的日子啊！

棒球・手套・我

我與運動向來無緣，尤其是陸上運動，儘管也偶爾會下場玩票一下，打個棒球、拍個桌球、拱個排球，甚至踢一下足球，活動活動筋骨，但自己心知肚明，此生是注定與運動無緣的了。

一九六八年，紅葉少棒隊崛起，看到與我約莫同齡的小朋友揚名立萬，從此對棒球充滿了熱忱，不但從未放過任何一場金龍、七虎等少棒隊在威廉波特的比賽，更對隊中的每一位球員如數家珍。

當時幾乎所有的小朋友都熱衷於玩棒球，我算是同群友伴中的小頭頭，每次都由我組隊，湊出雜牌的兩隻隊伍，相互比賽，因為人手常常不足，有時候連六歲的小朋友都不得不派上用場。一根竹棒、一顆軟球，用磚石鋪成壘包，就可以玩將起來。那時候物資缺乏，連手套都是用幾層厚的報紙折疊而成的。

小時候最大的夢想，就是能擁有一個正式的手套，但始終未能如願。記得當年滿叔來探望祖母，每次都應許要送我一個棒球手套，我充滿期盼地盼了好幾個年頭，卻都未能盼到，心下十分失落。

當年我的身手還算靈便，比賽的時候，都是由我出任捕手及指導，指揮全軍，一壘、二壘、三壘、本壘、內野、外野，江山就在我指掌之間，我揮臂指使，大有「指揮若定失蕭曹」的睥睨。我也會上場打擊，通常很少被三振，但擊出的力道有限，「代跑」的小朋友往往未至一壘就被封殺了。我們的隊伍是著名的「長敗軍」，每次比賽都以懸殊的比數落敗，卻是樂此而不疲。

少棒隊揚威國際的時代，我是最熱衷的球迷之一，由於時差因素，轉播常是在三更半夜，我卻是連一場都未曾錯失過。當時少棒已經是風靡全台的精神象徵了，想來曾經有過那段歲月的朋友，都是會有同感的。

國中時期的我較為閉鎖，學校唯一能引我矚目的，只有班際的籃球比賽，偏偏就是我完全無法參與的一項，「壁上觀」觀看久了，除了羨慕嫉妒恨，竟也激不起我任何的興趣了。

高中時期，竹中五育並重，各式運動比賽，應有盡有，但多數是我只能望洋興歎的；只有游泳，還算是我能親身參與的。不過，我打過排球和網球，尤其是網球，發球落點我考了極高的分數，還因此得到全年級的體育獎，我相信，這應該也是創紀錄的一次了，殘疾人還能得到體育獎，相信除了竹中之外，沒有任何學校能做得到。我記得當初是保存下那張獎狀的，可數十年後，已經不知道藏放在何處了，否則倒還可以拿出來驕其妻子一番。

大學時代，除了游泳，我只打過羽毛球，我站立不穩，但蹲下來可也算是活蹦亂跳的，我可以前翻後滾，接打到我手臂所能及的羽球，但每次都將全身上下弄得髒兮兮的，而且渾身汗水淋漓，體力耗費極大，所以幾次以後，也就慢慢放棄了。

我還是最鍾意於棒球，因為它是我從小的夢幻，每逢重大的比賽，一定都會守在電視機前面，目不轉瞬地為中華隊加油。印象最深的那一次，是一九八五年的國際棒球邀請賽，中日兩隊鏖戰到第十四局，「亞洲巨砲」呂明賜揮出三分再見全壘打，反敗為勝。當年，正是我一位學妹結婚大典的日子，我們一群朋友，正守在電視機前觀看，卻又掛記著婚禮的時間，偏偏輪到呂明賜上場的時候，由於已到新聞聯播時間，竟突然中斷了轉播。我們連忙趕往婚禮會場，一路上都心懸著呂明賜出場的情景。到得飯店會場，迎面就是一片歡呼叫好的聲音——三分全壘打，擊敗宿敵日本隊！婚禮會場上，所有的人談論的，都是那一擊的威力，連新郎新娘都被冷落在一旁了。

這是我最後一次觀賞棒球比賽，往後的日子，讀書、寫論文、教書、升等、作研究，四體已經不勤，更與棒球比賽隔膜越來越深了。但我還是一直記掛著棒球，因為它是我最美的夢想之一。

棒球・手套・我

在淡江教書的某一年，中文系組織棒球隊，訂製棒球服裝，我一時心血來潮，竟一口氣訂製了四套，一家四口，人人從帽子、球衣到球褲、球鞋，都配備齊全，我終於如願買了球棒、硬式棒球，還有小時夢寐以求的手套。選了個假日，我興沖沖地帶著全家大小，到河濱公園練球。心想，我們是林氏一家棒球隊，那種興奮，是一種夢境圓成的欣喜，是什麼都無法比擬形容的。

但是，這也是唯一的一次。大兒子顯然是頗為生疏的，一個失神，我拋擲的球他沒接住，竟直接命中了鼻梁，登時血流如注。我們趕緊驅車往景美綜合醫院，所幸並無大礙。但是，這四套球衣、棒球、球棒、手套，也就從此被妻子束諸高閣，再也未曾使用了。

有時候，我常會想，夢想，其實是不一定需要完成的，留一方未完的夢想在心，雖會有些許遺憾，但卻也不至於破滅。

走筆至此，我詢問妻子，當年的那套棒球配備，而今安在哉？妻子說，早些年就已經扔拋了。「那我的棒球手套呢？」「反正沒用，早就一起扔了。」一突然間，我又泛起一陣深濃的失落感，惘惘然、悵悵然，更想到當年滿叔那未曾實踐的承諾。最終，我還是沒能擁有一個屬於自己的手套。

去買一個吧？以現在的我，即便買一整隊的手套也還是不太費力的。但是，買來做什麼呢？還能跟誰一起擲球、接球、打棒球呢？

今天外頭的陽光非常亮麗，如果不怕太陽焦曬，倒也是個打球的好天氣，我彷彿看到了我小時候蹲踞在捕手位置的身影，揮手指點、指點、指點，但那已不再是屬於我的江山了。

「舞」當派

說我會跳舞，很多人都是不相信的，總是拿著滿眶懷疑的眼光，從上到下，打量著我，一副難以置信的表情。

不騙你，我是真的會跳舞的，而且是出身名門的「舞當派」。這個「舞當派」是從武俠小說中的「武當派」而來的。

我從小嗜讀武俠小說，在那個虛構的時空當中，所謂「各門各派」的武林門派，我都能如數家珍，一一說出其淵源所自，曾出現過哪些英雄人物、擅長何種武功、有過怎樣轟烈的英雄事跡，歷史、小說、傳奇，源源本本，脈絡分明。「少林」是號稱，也是真正的「天下第一門派」，但是，也許是我太過於珍惜至今猶然算濃密烏黑的頭髮；也或許我本身就是個「六根不淨」的俗人，總是與佛無緣；更或許是因為我讀得懂道家「不爭，故天下莫能與之爭」的真意，所以對屈居第二的「武當派」，較有好感。

左看右看，橫看豎看，我都不是那種仙風道骨的人，什麼太極、兩儀、四象、八卦，我也是七竅只通六竅的，所以我的「舞當派」，與「武當派」，還是同而不同。我不是「今之武者」，卻可以幻想著是「古之舞者」，「我便是長安裡那書生／握書成卷，握竹成簫／手搓一搓便燃亮一盞燈／握刀握劍，或訣或別」，但我是沒有刀，也沒有劍可握的，我只有一雙枴杖，左點右點，前後躍動，然後，你也可以看到我在樂音裡曼妙的身姿。

說曼妙，當然是自我感覺良好的自戀，但是，卻自戀得甚是符合隱身在「武當／舞當」背後的精神境界，至少我是如此解讀的。

「武當派」屬於道教，道教則頗取法於先秦的道家，同樣都是「道」，四通八達，可老可莊，則亦可武而可舞。我是莊子所說的支離疏之類的人，常人視為缺殘怪奇，卻不妨礙我視為固然，所以我——跳舞，「舞」就是我的「武」。

說起「武」這個字，果真是可以溝通於「舞」的，它的本義，就是指足踝腳步，而「舞」，豈非也正是仰賴著一雙腿腳，規行矩步，按拍合節，舞於桑林嗎？我腿腳是不便的，可我還多了一雙枴杖。我就是仗著兩根枴杖，步入了「舞當派」，也步入了人間世。

我的大學時代，備受爭議，但又充滿魅惑力的「舞會」，可以說是大學生的「必修課程」之一。每逢週末、假期，耳語私傳的，都是誰和誰、這兒那兒開辦「舞會」的消息，這總會引起一番雀躍的騷動。在那個時代，可是只有舞會才能名正言順地握到女生溫暖的小手，摟到她們軟柔的腰肢的。因此，有幸獲邀，總是爭先恐後地洗澡、刷牙、漱口，穿上最整齊、最清潔、最時尚的衣裝，好去找機會施展那「祿山之爪」，擁抱滿懷的楊貴妃。

我通常是不會獲邀的，但偶爾在人手奇缺的時候，會銜命去舞會扮演DJ的角色，一個人窩在窄小的房間中播放錄音帶或舞曲唱片。我本來是相當有自知之明的，反正我也不會跳舞，就往往安之若素地履行我為人作嫁的職責，鮮少步出「龜」門；但耳聽外面陣陣傳來歡樂而嘈雜的笑鬧聲，終究也漸漸不甘寂寞起來。騷動的春天，又豈是嚴寒的北地所能封禁的？探出龜縮已久的第一步，在優雅的華爾滋樂聲中，我昂然無懼，左枴右杖，就當作自己是「舞林」高手了。

武俠小說中的武林高手，向來是會有幾分「奇遇」的，我這新出道的「舞林高手」，卻好像沒有那麼幸運，和我談戀愛的經歷一樣，被「始亂終棄」的次數，多到都懶得去細數了。所幸我向來也是屢敗而屢敢戰的，華爾滋我跳不起來，布魯斯我跟不上節奏，恰恰我也曼波不動，但熱歌勁舞，可就難不倒我了，我活力十足，馬力全開，左圈右勾，就不知手之舞之、足之蹈之起來。我可不去理會四旁投射過來的驚詫的眼光，自顧自地，用渾身的汗水，刷洗去一切的骯髒與鬱卒。有過那麼一陣子，我真的覺得自己是天下舞林第一高手的了，我許多促狹的朋友都頗為認同——儘管他們說我是舞林第一皮厚、第一不要臉的高手。

人生知己，還真的是可遇而不可求，我可是莊子《人間世》中的支離疏呢。這是我的「天」，是我的本然，這才是真正的我，既是如實的我，又何必去計較他者如何地看我？我坦坦然，蕩蕩然，一有機會，必然會去舞池中大顯一下身手，並自創「舞當」一派，天大地大，唯我獨大。

但我還是難免會渴盼知己的。武林高手，向來是青衫白馬、紅粉綠鬢的，這才算風流而寫意，缺了個紅巾翠袖，就難免高處不勝寒。寂寞高手，當久了最怕的就是寂寞。我不敢期盼「豔遇」，可就偏偏會有豔遇從煙雨濛濛的江南，不對，應是從海風習習的竹塹，我的故鄉，踩著與我同調的舞步，翩翩然而來。

那已經是許多年之後的事了。當時我讀博士班，住在舟山路的第九宿舍，緊鄰著學生餐廳。每到週末，生促會一定會舉辦舞會，樂聲嘈雜，根本無法專心念書。那時我已經有點「金盆洗手」的況味了，但心想反正念不了書，去蹭個吃的喝的，也可稍作補償。因此，也就重出了江湖，再度涉身於舞林。第一眼，我就看到一位讓我心湖澎湃起來的女生，理所當然，這是必須去搭訕一番的。沒想到，我剛啟口道出名字，她突然就冒出了一句，「我很久以前就認識你了」。我連忙搜尋腦海裡的過往影像，不可能啊，這麼小的姑娘，即便我臉皮再厚，也不可能與她有若何瓜葛吧？自然是連忙好奇又忐忑地追問。

卻不料她說道，那是她小學三年級的事了。當年，她媽媽帶著她去菜市場買菜，迎面就看到一輛三輪車，上面載著兩個極大的花圈，金字閃閃地，寫著恭賀某某某金榜題名，第一名考上台大的字樣。可是，名字中的最末一字她不認識，就問了媽媽。她媽媽指著花圈說，「那個字唸ㄔㄨㄣˊ，是樸實厚道的意思。你看看人家多厲害，以後要以他為榜樣，知道嗎？」於是，她就牢牢記住了這個名字，直到十多年後，才面見到本尊。我是記得花圈這回事的，那是補習班致送的，但因為我家剛好拆遷，車夫按舊址遞送，卻怎麼樣都找不到，於是拖著兩個大花圈，在小街前後四處詢問。當時住家小孩都是以小名稱呼的，沒有人能確定這到底誰家的小孩，因此逢人遍問，簡直等於替我免費作了大外宣一般。

接下來的對話，雖沒有像「我對你的崇拜如滔滔江水般連綿不絕」的誇張，也沒有互訴衷情式的旖旎浪漫，但兩人對談，說故鄉事、故鄉人、故鄉景物，偶爾攜手舞池，樂聲曳曳，髮香幽幽，燈影之下看美人，夜暗之中說鄉情，此中樂，真的是不足為他人道也。這是我自入舞林以來，最是縈懷愜意的一夜。

少年子弟江湖老，舞林卻非可以終老的地方，那番豔遇，也就在依依道別分手之後，驚鴻一瞥，便揮了衣袖，成了偶然。往後的我，雖也曾蹦迪過幾次，也像武林高手般，有過幾次驚詫人耳目的技藝展現，但總覺得再也沒有當時那種熱烙於心版的感受了。

漸漸地，「舞當派」也如武俠小說一樣沒落了，門人弟子雖多，可卻無一能入「舞當」的。其實，自始至終，「舞當派」就是個掌門兼撞鐘的門派，但放眼人間世，我卻敢相當自豪地說，像我這樣不要臉的人，還能有幾個？莊子說，支離疏是個畸人，畸人無偶，這就是唯一，也就是獨我。你們就讓我自作陶醉一下吧。

情竇初開竟惘然

年已老邁，多情應笑，可記憶裡一段段窈窕的身影，仍不時會驀然浮現，幾個曾在心裡斷續呼喚過的名字，會如清風拂過，惘惘地捎來幾許眷戀。

我自問是個多情的人，年輕時曾有過個「寶二爺」的綽號，雖鮮少嘗過胭脂，卻在自己的大觀園中，心儀過好幾位女孩子，而屢敗屢戰，連自己都不禁佩服起自己哪來那麼大的勇氣。

我算情竇早開的，小學三年級，我就頗喜歡同班一位女孩，但當時只是喜歡找她聊天說話而已；四年級時，我被分到另一班，從此與她隔開，就忍不住有幾番思念。我們兩班就在隔壁，我常會忍不住去她班上，從門口、窗口偷偷窺看，每當看見她那雙滴圓清溜、汪然如水的眼睛，就會讓我心中怦然而跳，如果她還會對我點頭示好，甚至抿唇微笑，當晚就一定興奮得無法入眠。五年級時，我又被分回同個班級，那時的喜悅，真的是無法以言語形容的。同班兩年，我幾乎完全忘了學習，每天到校上課，最感欣慰的，就是可以又看見她。我上課不太專心，總是藉機回頭望向在後座不遠的她，也不知是有心還無心，她也總會對我睞眼、微笑。那時候，男女的界限是非常嚴格的，我們在一起說話的機會不多，但經常會用一些手勢，比手畫腳地傳遞消息。當時的我，也不知道什麼是情是愛，只知道就此一瞥、一笑、一點頭，就是人間最幸福可樂的事了。其實她對我也很好，既溫柔又和善，她的繼父是船員，每次都會從外國帶一些巧克力回來，她總會偷偷折下一小片，默默塞給我，這是我這輩子第一次吃到巧克力，甜甜的，一直從嘴裡甜到心裡。

我是個無拘無束、敢於嘗試、敢於表現的人，但只有對她，我絲毫不敢表現出任何傾慕之意，甚至連跟她開口說話，都有點箝口撟舌起來。臨畢業的時候，想到升上國中後，就再也沒機會與她見面，心中有萬分的難捨。我精心挑選了兩根鉛筆，一個橡皮擦，想送給她作紀念。我特地佇候在她放學的路上，衝上前去，將禮物遞給了她，卻只能吞吞吐吐的說，「給妳」兩個字。她疑惑地問我：「你不要嗎？」我的回答居然是，「我還有」。天哪，我回去的時候，一直怨怪自己，「紀念，紀念，連這兩個字都不會說嗎？」我心裡明白，這一次的過錯，就是永遠的錯過了。

國中的時候，男女不但分班，而且隔離得很遠，我幾乎沒有跟她有過任何的接觸，但是每次偶爾經過她住的地方，都禁不住會凝目注視，盼望她會翩然出現，哪怕是驚鴻一瞥，也是足慰生平。每年聖誕節，我都會寄聖誕卡片給她，也不敢多寫什麼，就是簡簡單單一句聖誕快樂，署個名字而已；她都會回覆，收到回覆的賀卡，揣在懷裡、親在唇上，就會讓我樂個好幾天。我曉得我是在戀愛了，但卻是單戀。當時我就喜歡看武俠小說，常常幻想著自己就是仗劍江湖、瀟灑而英俊的俠少，天涯名花，唯獨鍾情於她；然後，在她危難的時候，奮不顧身地出手救援。最好是我輸了，渾身鮮血、氣息奄奄地躺在她懷抱中，看著她晶瑩的淚水，滴流在我一身的傷口上，讓她的淚與我的血，交凝成永遠不會褪色的畫面。贏得美人心肯死，就是當悲劇英雄又有何妨？

那時她的美麗已是全校聞名的了，我聽說不少同學都在追她，但我只能像作賊似的，偷偷地在書法習字簿上，隔幾個字寫著「我愛某某某」，還唯恐讓人窺破。最後，我終於宣告自棄了，曾不止一次地以「移情別戀」轉移目標，高中、大學，一直到結婚生子，敗績累累，就只成功了最後那麼一次。與她分開，轉眼就是二十多年過去了，中間毫無聯繫，只斷斷續續聽說她有男友了，事業有成了，結婚生子了。舊夢一場，本該醒來就忘卻掉，但我知道，我從來沒有忘記過，清湯掛麵下，那亮閃晶圓的眼波，以及那抿唇時微翹嘴角的一笑。

不知哪天，我心血來潮，竟動念想在網上搜尋她的名字，而且還居然讓我找到了她的電話。她接起電話，我只「喂」了一聲，或許是還有點靈犀意通吧，她居然叫出了我的名字。二十多年沒見了，我問她怎會知道是我，她說，突然就直覺是我在找她。我鼓

情竇初開竟惘然

著勇氣，回新竹時約了她見面。和我一樣，她長大了，出落得更是美豔大方，笑語盈盈。我打趣式地向她坦誠，「小時候好喜歡妳」。她笑著回我，「那你怎沒有來追我？」「我哪敢呀」，我說。我真的不敢，當時不敢，現在當然也不敢。我們喝茶著，絮絮叨叨聊著，夕陽下，一陣山風拂過她的頭髮，她微微一撥，轉眸又對我一笑，我差點就忍不住想將她攬在懷裡的衝動。然後，這一忍，又是十多年過去了。

想抱抱她，其實並沒有若何別的意思，就是想藉此一抱，為那段已逝的初戀，畫上一個美麗的句點，然後，永久封存在我腦海裡，不要丟失。人生可以有多次的生死相戀，悱惻纏綿，但青澀、純潔的初戀，尤其是單戀，只會有一次，而一次也就足夠你久久長長的憶念了。

其實，我還真的抱了她一次，她第一次出席同學會時，居然一見我面，就給了我一個意想不到的驚喜，她撲上前來，展開雙臂，竟緊緊地抱住了我。我摟著她，心思又彷彿回到了那童真的年代，塵網糾結，一去四十年了，這一刻，再是想留駐，無論如何也是留不住的。後來，我們單獨合照了一張照片，我摟住她的肩膀，讓我的初戀，她和我共同的笑，留駐在那一方小小的格子中，在FB上，在未來很久很久以後的時光片段中。

在FB上，我重拾久已生疏的詩筆，寫下一首〈肩〉的新詩：

白衣藍裙還在眼前
輕攬香肩
已是半生水流年
花白的頭髮笑我皺皺的容顏
妄想爭妍
卻忘了最美的夕陽是昨天

而昨天
將會持續到百年與千年
就在那一剎那我擁有的時間
我想，我將會永遠記得那個時間

車子與我

從小，我就特別喜歡車子，就是玩象棋的時候，手持一枚黑車、紅俥，我都能想像那橫衝直闖、所向無前的快意，儘管我的棋藝向來不佳，總是瞻前而不顧後，滿載雄心與理想的「車」，往往在使命未達之前就翻覆、陣亡了，但就在那一剎那的風馳電掣中，還是覺得格外的酣暢淋漓，耳邊就彷彿有風聲在呼嘯著、吶喊著，衝啊——衝啊！但我從來沒有想到過，我真的會和「車」有這麼深厚的緣分。

我的第一輛「車」，是一小台手推前行，車上的四隻兔子就會敲擊作響的「滴嘟車」，也不知道是哪一個哥哥曾經推過的，傳到我手上的時候，只剩下兩隻兔子，另外兩隻則是父親削木成兔的小木頭，但滴嘟、滴嘟的聲音，還是足以響遍家中的每一個角落，甚至到現在都偶爾還會在我耳邊迴繞。兩隻兔子跳呀跳的，像《愛麗絲夢遊仙境》的白兔，每一個躍步都如夢似幻，讓我渾然忘卻自己是行不得也哥哥的。

稍長之後，我最羨慕一些同儕能騎自行車。當年的自行車，是厚重而堅實的那種「鐵馬」，一般小朋友坐在車鞍上，雙腳是搆不著踏板的，所以他們初學的時候，都是以傾斜的身姿，穿過「三角洞」，然後，說也奇怪，竟然能保持平衡，迅速得心應手起來。我最喜歡看人學騎自行車，那時都稱為「腳踏車」，我羨慕他們那驅車迎風的自在與瀟灑，但也更愛看他們車翻人倒時處處掛彩的狼狽。說起來，我還真的是很「壞心」的，但是我也不能不「壞心」，因為我雖然學著他們，坐在車前的橫槓上，將雙腳綁在車踏上，拚命使勁，車輪轉呀轉地老半天，卻還是原地空轉，這豈能讓我不羨慕嫉妒恨呢？不過，我當時還是能享受到那種「奔馳」的快意的，這都有賴於同儕的照顧，他們常會在後座載著我，到我原先舉步難達的地方；可是，我真的一直夢想著，自己能夠有一輛自己能夠駕馭的車，後座載著我當時偷偷喜歡的女孩，就像武俠小說裡的青衫白馬、紅粉佳人。

國小時，學校距家不遠，我都是步行上學的，當時也還算身強力壯，活蹦亂跳地，也不覺得怎麼累，就能自在地到學校上學、讀書了。可升上國中以後，那就不行了，距離相隔雖不算遠，但以我的體力，是很難如此跋涉的，於是，我有了第一輛屬於自己的手搖三輪車。

這是父親親手為我打造的，就地取材，將家中舊物的零件，拆拆拼拼，再添購些必要的配件，就隆重堂皇地推出了。在當時，這可是一輛非常拉風的車，圓形如汽車的方向盤、寬敞能載人的後座，比起一般的自行車，可真是大大與眾不同的，就是這輛車，陪伴了我三年的時光，三輪車上的那個人，可以說是附近居民沒有人不認識的。我搖著三輪車，除了上學外，就四處閒逛、瀏覽，「有車階級」畢竟是不太一樣了，但最不一樣的還是那種心境的舒展與自由，我知道，我是可以擺脫軀體的限制，開始「搖」向我未來的路徑的。

其實，「搖」三輪車並沒有我想像般容易。我手臂力量雖算不小，但上下學途中，仍有幾段路是有上下斜坡的。雖說這車是父親精心打造的，可他終究不是機械專家，因陋就簡下，車子常出狀況，上坡的艱難困頓，自是不消說，掉鏈最是常事，而最苦惱的則是剎車常常不靈，下坡時如野馬失韁，更是駭人。還好，一些步行上學的同學，有時幫忙推，有時幫忙拉，三年的路，「搖」起來還是愜意又溫暖的。

三輪車車行速度很慢，我又貪睡，因此國中三年，我是著名的「遲到大王」，總是在同學都排隊站齊要開朝會的時候，我才姍

我的第一輛手搖車

姍來遲。那是我最糗的時候。當時光武國中的操場很小，就正對著學校的大門，我進入校園，就必須從排列整齊的隊伍旁邊經過，當時的校長最愛站立在隊伍旁邊，每次都用那種不知道是憐惜還是嘲弄的聲調說，「你又遲到了」；然後，我就面紅耳斥地聽訓，然後看著別班的女同學交頭接耳，嘁嘁喳喳地，想來都是一片譏笑的言語吧？其實，我也是不想遲到的，可是就是會遲到，而且都能理直氣壯地遲到，這時候，父親不怎麼精湛的手藝，如有神助地幫我找到非常好的藉口，「半路上掉鏈了」，這時，我會伸出一片油汙的髒手，大多時候是塗抹上去的，然後一臉無辜狀，攤在校長面前，於是就僥倖過了關。我從來沒蹺過課，但也從來就拿不到「全勤獎」，正是這個緣故。

升上高中，父親又新造了一輛車給我，但我的夢魘卻開始來了。上學途中，光復中學那段大下坡，我是不敢嘗試的，因此都繞道清華大學校園，從後門轉向新竹高商前門，然後再到學府路，路程遠了許多，而新竹中學入校門，又是一個大斜坡，沒有人推，我是無論如何都搖不上去的。因此，第二年的高一，我就只好改弦易轍，與公車結了不解之緣。

從小，我是對公車很反感的，因為當時的公車又笨夯，又會冒黑煙，而且上下車的步階又高，沒位子時，連站都站不穩。有一個姑媽最是疼我，常說要帶我坐「巴士」，我以為「巴士」就是計程車，興奮不已，沒料到居然是公車，搭了幾次後，就極為失望，那時雖還有腳踏三輪車，但計程車又流線、又輕便，更是時髦，卻是無緣搭乘。可這時候，我已沒有別種選擇了。

從我家到新竹中學，是沒有專車直達的，在博愛路口下車的話，還必須走上一公里多的路，對我來說也是相當困難的事，因此，我必須轉車。先從埔頂站上車，到竹汽總站，轉搭16線公車，就能直達校門口。一天之內，我必須搭乘四次公車，儘管較為費時耗力，但卻也習慣成自然，三年如一日。

我當時上車的身手還算矯捷，但不耐久站，所幸當時的乘客，還是具有較強烈的自發同情心的，上車後總是會有人讓座，我腆然接受了這樣的好意，也因勢利導，認識了不少善良可愛的同齡朋友。當時搭公車上學的，多數是高中生，光復中學、省新商、竹中、曙光女中、新竹女中，幾乎個個都是和藹可親，對我禮遇非常的，民風之淳樸厚實，到台北讀大學後，就很難遇到了。

因為要轉車，而且我無法跟別人一樣去「擠公車」，所以都挑選了八點以後的公車，到校的時候，常是開朝會的時間，教官和糾察隊守候在校門口，逐一登記遲到的同學名字，那是要記一隻警告的。我當然是遲到的，但好心的教官很體諒我，從來不記我的名字，所以我也從來沒有被記過警告，但也沒有拿到全勤獎，因為請假次數太多。教官的好心，也惠及了一些偶然遲到的同學。這些同學，只要一下車，就會爭先恐後地幫我拿書包、拿丁字尺、拿圖畫紙，甚至摘下我的帽子，就跟教官說是幫助我；其實教官是心知肚明的，但都看在同學友愛的情分上，也就全數免記通過，當時，我可以說是全校最受歡迎的人物，更結交了不少別班的同學。

新竹中學的教官，其實都是很和藹可親的，管理也沒有別的學校那麼嚴。當時「單車雙載」是要記小過的。高三時，由於參加了補習班，如果下課後轉搭公車去補習，那是趕不上開課時間的，因此，我向教官求情，教官不但「特准」我可以讓其他同學搭載，還特別叮嚀囑咐，一定要一路小心慢行。

當時我是去補習數學的。教數學的老師是新竹女中的名師，我很認真聽講，每次都搶坐第一排的位子。當時是大班上課，整間大教室擠滿了二百多位學生，這位老師在黑板上解題，解完一定會回頭問，「懂了沒有？不懂的舉手」。其實我是懂得的了，可是常看到旁邊的女生，搖著頭，嘴裡嘟囔著「不懂」，卻沒有一個人敢舉手。我那時甚是不以為然，基於「行俠仗義」、「英雄救美」的俠客心腸，就奮勇替她們舉了手。老師看了我一眼，就說，「好，我再解一遍，你仔細聽」，然後就面對黑板又是奮筆直書。我早已懂的了，所以也便不去聽講，自顧自地去看下一題。老師講到一半，回過頭來，看我沒在聽講，就生起氣來，大罵，「你不懂還不聽，我保證你這一輩子考不上大學！」我心裡自然是大不服氣的，心想，「我不信不聽你的課，就考不上大學」。就這樣，兩個多月的課程，我上到第三次，就下定決心罷課了，也結束了我短暫的「單車雙載」日子。後來大專聯考，我數學居然考了七十分，那時我心裡真有個衝動，想去那老師面前炫耀一番，但終究還是放他一馬，打消了這個壞主意。

考上大學，父親再度替我打造了第三輛手搖車。台大的校園，一馬平川，我的三輪車可以說是得其所哉了。當時全校就我這一輛造型既特殊又別致的車，受矚目的情況，是可想而知的。剛開學的時候，班上女生經常將書包、書本放在我後座上，燕燕鶯鶯，環繞車旁，那時的榮寵、喜悅，真是筆墨難以形容的，虛榮如我，就真的好像成了武俠小說中眾香環繞的俠客。可能是有師長說話了，認為她們不應該這麼「欺負」我，所以後來就沒有這樣的盛況了。可是，天知道，我是多喜歡這樣被「欺負」的！有一陣子，心裡真的非常失落。

大一校慶，當時的總統嚴家淦、行政院長蔣經國都蒞校慶賀，我沒去體育館聽演講，卻在椰林大道「巧遇」了蔣經國的座車。蔣經國大概也看到我三輪車的特殊，竟親自開了車門，步行到我面前，問我是哪一個系的，語氣誠摯而又和煦，我受寵若驚，但除了回答「中文系」之外，卻一句話也囁嚅不出。他也只輕輕說了幾句，無非是勸勉的話，反正我就是拚命點頭。後來，不知哪家報紙還刊載了當時的新聞、圖片。這是我生平唯一可與「大人物」合影的經歷，很多很多年以後，我想翻找，年淹代遠，又忘記了是哪家報紙，至今還是相當遺憾。

我在台大的時候，可以說是橫行無阻的，校園中的每一個角落，都有我的車與人的行跡，經常和宿舍的同學推乘著我的「寶馬」，快意呼嘯於校園之中。車在人在，英雄寶馬，大有快慰生平的豪情。車鏈還是會常掉的，可卻已練就輕身騰躍的工夫，一出狀況，立馬可如猴子翻身，矯捷而又輕快地躍到車後，迅即接上，然後繼續勇敢「向前行」。

但這也有個弊端，掩飾不了行蹤，凡有三輪車處，都能知有我，所以我和幾個女生約會過，室友都能如數家珍。最尷尬的是，靜夜無人的校園，隱蔽的杜鵑花叢下的卿卿我我，也都如北地忍不住的春天，嘩的一響，就萬紫千紅起來。

三輪車雖說是我的「寶馬」，其實只是駑馬、劣馬，足跡是不太能出校園之內的，最遠不過到國際學舍看書展、耕莘文教院參加寫作班、東南亞戲院看電影，只有一次，在許多同學又推又拉的協助下，曾經登過木柵的指南宮。那時，過辛亥隧道和懷恩隧道的驚險萬狀，到現在想起來還有點心驚膽跳。車是上不了指南宮的幾十層階梯的，所以後半程是手足並用地「爬」上去的，當時就想起了小學時「爬」獅頭山的經驗，那時也是在同學熱心的協助下從獅尾「爬」到獅頭的。

三輪車只適合靜謐的校園，不適合「遠征」，更不適合在車水馬龍的台北市街道穿梭，我常常先將三輪車騎到校門口的博士書店旁停放，然後才開始我的城市歷險。於是，後來就有了一輛三輪摩托車。在一個風雨瀟瀟的夜晚，這輛三輪車就被送往報廢場，完成了它最重要的任務了。

大三時，父親也幫我打造了第一輛三輪摩托車，車身通體噴上黃漆，亮澄澄地耀發著青春的色彩，騎上它，我真的風馳電掣起來，登車攬轡，慨然有遊遍天下之志，自謂是「黃馬王子」。

這時，我與現在的夫人正談著戀愛，黃膘駿馬，紅袖佳人，我是志在四方的俠客，她是傾心相隨的愛侶，「香車美女」，一剎那間，心開境闊，世界也變得小得如同可以握在掌中一般。我載著她，看電影、賞郊景、釣塘魚、作遠遊，浪漫旖旎，真不知羨煞了多少同伴。畢業那年，畢業生校園遊行，我騎著我的黃膘馬作中文系的先導，她從一旁跑過來獻花，那時我已考上了研究所的探花，春風得意，比古時狀元遊街還要光彩，記得還登上了當天的晚報。

匆匆歲月，去來無跡，一輛三輪摩托車就載著我悠然輾過。少年子弟江湖老，我讀了博士，結了婚，學業之外，家業、事業，皆是處處關心。當時我在台大、文化、實踐、淡江都兼了課，每日風塵僕僕，往返於四校之間，後來又至《國際日報》、《中央日報》任職，一輛車穿梭往來、機杼唧唧，承載著甜蜜的負擔。車身剝落、顏色褪淡，我一換再換，雖是車在人在，卻又是別有一番滋味在心頭了。

大學期間，除非特殊機會，我是很少搭公車的。讀博兼課期間，遠在陽明山的文化和僻處淡水的淡江，最是辛苦，熬夜備課、作研究，常日都是頭腦暈暈沉沉的，車上仰德大道，路迂道拐，一輛大卡車迎面向我撞來，我及時閃躲，雖是虛驚一場，但也驚破了我的機車夢，於是又回到了我高中時代搭公車的日子。

在淡江兼課，當時還沒有教職員專車，因此只能在城區部與學生一起擠公車。搭車的幾乎清一色是淡江的學生，但我都是最後上車的，所以很少找得到位子，常常是必須拉著吊環、抱緊車間柱，半傾半倚地苦撐一個多小時。很少有人會讓座給我，我也從來不請求有人讓座，真受不了了，就直接坐在地板上，或是坐在司機位置邊的引擎蓋上。如是，也有長達三年的漫長時間。有一次，是司機先生忍不住了，說同是淡江的師生，怎就沒人肯讓一下座？但好像也沒有人會在意，我聽聽，也是習以為常，誰規定一定要讓座的？心不甘、情不願

我的第一輛三輪摩托車

車子與我

所讓出來的座位，我也是如坐針氈的，又何必苦人自苦呢？但有了那些年的經驗後，我是再也不搭乘公車了。

博班畢業，投了不知多少履歷，但始終都是石沉大海。指導教授知我家計艱難，收留我在中央研究院文哲所作短期研究。那一年，台北的冬天最是淒風苦雨，我又改以摩托車代步，從木柵，經由福德垃圾坑、深坑、南深路，一路是崎嶇顛簸，一身早已被從外到內濕透了的衣服緊裹著，豆粒大的雨點打在我臉上，溝渠縱橫，究竟是雨水還是淚水，我是連自己都分辨不出來了。想到志業，想到家計，想到弱妻，想到稚子，雨路茫茫，前途未卜，這時才深沉地感受到，台北的冬天竟然真的這麼冷。

幸運的是，淡江的師友在我最窘迫的情況下，給了我一個春天，讓我勉強有一枝之棲。但是，路遙道遠，我的摩托車肯定是派不上用場了。於是，我就有了第一輛的改裝汽車。那是用分期付款方式買的，還跟老同學又麟兄借了頭期款，分二十個月無息償還。當時買車，固然是基於方便起見，但私心也是想讓已然年老的父親開心一番。他老人家平生最是愛車，跟我同住的那幾年，他那一輛已經有二十年歷史的破車，常是載著我們一家人四處周遊。但人老車也老，我實在於心難忍，發願有朝一日，一定要自己開車，載他到處去遊賞。可惜的是，他只有緣坐了我兩三次車，就從此遠離我了。年紀越大，尤其是身為人父之後，才真的能明白當初父母親撫養我們長大，是有多麼的不容易。然而，無邊風木，瑟瑟蕭蕭，卻已是子欲養而親不在了。

我的車都是最經濟型的，取其足以代步即可，淡江十五載，我往返木柵與淡水之間，只走一條固定的路，從來沒有三心二意過，日子過得很簡單，上學、下課、學校、家庭，偶有閒空，就是一輛車、一家人，同進同出，味淡而永，意簡而長，但最開心的時候，還是一輛三輪摩托車滿載一家四口的溫馨與甜蜜。

我教書生涯的後面十五年，是在師大度過的。當初離開淡江，其實有很激烈的心理衝突，TO BE OR NOT TO BE，著實困擾了我一陣子，因為我始終割捨不下我在淡江創立的武俠小說研究室，最終決定轉往師大的原因，「近」，絕對是其中關鍵考量之一。於是，我又開始以摩托車代步，汽車，就只是在寒冬與暴雨時，才偶爾一用，後來就索性交棒給小兒子了。

武俠小說中的獨孤求敗，一生有過三柄劍，分別代表著他三個人生階段的生命哲學。劍即是人，人即是劍。哲學是智者才懂的學問，我自問不是智者，所以生命中沒能有那種高深的體會和領悟。我擁有過三款車，有車也就有我，手搖車是少年，摩托車是青年到中老年，汽車較是可有可無，公車則是偶然的插曲。少年青澀，青中老是熱血與蕭瑟兼具，紅燭羅帳、斷雁西風，而老來就只好一任階前點滴到天明了。

目今車仍在，但已是不知經過多少年的輪轉了；人也在，卻也不再是以前的那個人了。寶馬、香車是我的劍，但佩劍的少年，頓成醉裡挑燈看劍的老年，想當年，拔劍四顧，意氣何等風發；而今默守書齋，白首燈下，竟突然又想起我那輛在風雨之夜消失的手搖三輪車了。

我是「癮君子」

身為近四十年菸齡的「老煙槍」，對香菸真有「剪不斷，理還亂」的複雜情感。我菸齡雖長，但「入門」較晚，是在碩三寫碩論的時候，為了提神、紓解壓力，才開始吸上第一口的。平心而論，這還真的頗具功效，讓我能在短短幾個月內，完成了艱苦的碩論。但「後遺症」卻也隨之而併發，至今已是陷於「菸難離手」的窘境了。

就理智上說，吸菸的壞處及後果，我相信嗜菸者絕不會比不吸菸者知道得少，個人生理器官上的損害，肺疾病、喉腔炎、口舌異味，嗜菸者的憂懼、擔心，總是如影隨形地在裊裊煙霧中蔓生開來，更別提那種宛如過街老鼠，人人都以鄙夷眼光亂棍抨打的心理羞慚與愧疚了。吸菸，雖然未必有「一失足成千古恨」這般的嚴重，但就我而言，還是頗有悔不當初的遺憾的。周遭的親友，尤其是戒菸成功的人，屢屢勸我戒菸、戒菸、再戒菸。言者諄諄好意，我未嘗不能感受到，但多數時候，聽來藐藐不說，甚至會感到嘮叨而厭煩。我最無法忍受的，就是以「二手菸」的理由，將我比擬成蓄意謀殺的罪犯；我有如此十惡難赦嗎？每聞見到有類似咎責的言論，我都會閃避到無人的場所，多吸兩根菸，一洩憤懣，二表抗議，三贖罪愆，是自慚自羞，也是自殘自虐。

遙想當年未吸菸的時節，我對濃稠嗆鼻的菸味，也是難以忍受的，更曾因此與一個學弟發生口角衝突。因此我深知「二手菸」是多麼引人反感，所以也都會盡量選擇獨處或開闊的空間，自我「療癒」；真的難以自持的時候，也會懇請在座的親友稍加通融。我知道我是戒不了菸的，這一方面是導因於我個性上的不夠堅毅，戒過幾次，始終為時不久。但更重要的恐怕是，我一直不認為吸菸是如何大不了的罪過，法律既不禁止，且我又付出了應有的稅捐的懲罰，難道就不能允許我在適切的場合，自我迷醉享受嗎？

誤入煙塵中，一錯四十年。在這四十年間，我也深深體會到社會變遷的迅速，猶記研究所時上孔德成先生的課，孔先生一進教室，照慣例必然是請助教替他買兩包三五牌的香菸，然後將堂上的男同學（當時是我和楊儒賓）叫坐到他的書桌旁，打開菸包，自抽一根，接著各拋一根給我們，然後邊抽菸邊講課。孔先生菸癮既大又凶，一根緊接著一根，也必隨之拋給我們一根，三小時不到，兩包菸已然罄淨，我們的前面則各還有五六根。上課時師生一起吞雲吐霧，在現時的狀況下，簡直是不可思議的，但當時觀念未闢，毋寧卻是認為合理及正常的。時移世異，也許我應該自責，竟如此固陋猥鄙、不思長進，跟不上社會變遷的腳步；但是，甚矣吾衰矣，我已是回不了頭的浪子，能否就再讓我多浪一下？

浪子其實也是很悲苦的。浪子的浪，往往不在於身軀的漂流，而在於心居的難以落成。癮君子，除了少數如我一般「誤入歧途」的筆耕硯讀者之外，多數都是中低階層的人，百工百業的藍領、無領者，占了相當大的一部分。這些群眾，在繁忙勞累的體力活透支下，不像一些上層人士，可以有許多文學、藝術、運動、健身等優遊高雅的心情與興致，唯一可以獨享其樂，暫時擺脫開諸多煩累操心的瑣事，唯在手一根菸，嘴一滾煙的當下，雖不一定都能「快活似神仙」，但卻可聊慰情於無。吸菸對他們最大好處是，可以不拘時地，隨吸隨止，藉吐煙圈以吐心中悶氣。他們大抵不太會去思考吸菸對他們「未來」身體的可能傷害，反而會憂慮「當下」昂貴的菸價，會減損他們刹那間的滿足與幸福感。我始終懷疑，目前大力反菸害、調菸價的「菁英人士」，做的都是「劫貧濟富」的事，美其名是「以價制量」，卻是在「剝奪」他們僅有的、稀微的快樂與興趣。以菸捐作長照的基礎，固然很有理想，但一旦吸菸人口如他們所願地銳減了，長照又靠什麼維繫下去？也許他們是較短視的，不懂得為未來設想；但他們卻很清楚地知道，昂貴的菸價就是當下一筆不算小的開支。很多人都會拿一些「已開發國家」的菸價作對比，強調台灣菸價的便宜；問題是，台灣「已開發」了嗎？多出的稅捐，還不是從他們這些苦哈哈的群眾中苛剝的？

許多人強力抨擊批判小英總統「平價菸」的想法，我倒是舉雙手贊成的。面對一次又一次調漲的菸價，我個人是頗為無奈的，但也能「苦哈哈」（雖心裡苦，卻也得欣然）地接受此一懲罰，畢竟，這還不會對我的日常生活造成多大的影響。但是，對中低收入的群眾而言，每個月高達千元以上的額外開銷，還是屬於不可承受之重。如此的政策，自然是有重新思考的必要。

不過，小英總統的思路卻是錯誤的。顯然，她到目前還是不了解民進黨之所以會被選民唾棄的原因，想藉「平價菸」來收買或重拾民心，即便有效，恐怕也止於微不足道的少數而已。目前政府應該亟思精進的，是如何提高一般民眾的收入，讓民眾的實際所得，達到所謂「已開發國家」的水準。如是，即便菸價再高，想來癮君子也同樣會樂於接受的。捨此而不圖，妄想從微枝末節上挽狂瀾之既倒，恐怕不止是會惹來一片笑罵之聲而已，更將徒呼負負，力難迴天。

乞丐狂想曲

年輕的時候，無論是在台北或是新竹街頭，常會看到有一些衣衫襤褸、面黃肌瘦，可能斷手，也可能瘸腿的乞丐，或坐或站，伸手向來往的行人乞討。我是心存憐憫的，但通常不太會施捨；尤其是後來看到一些正常人假扮成殘疾人，每天開著賓士上下班，一個月可以乞討到高達幾十萬元的新聞後，更是夷然不顧，慳吝不予了。

近幾年來，台北街頭已很少看到乞丐了，雖曾遇到過一些遊民，卻也不會伸手跟人要錢；倒是常看到一些坐在輪椅上的殘疾朋友，會在街角販售刮刮樂、口香糖、紙巾之類的，在物傷其類下，我有時候就會掏錢購買。也許，這十幾年來，由於查核甚嚴，假冒不易，而且由於偽冒頻傳，人們已有戒心，「生意」也不怎麼好做，所以漸漸銷聲匿跡了；也或許台灣人民已經頗為富裕，不必再做這行營生了。的確，過去經常可見的乞丐，已經明顯減少了。

如果民生富裕的話，想來一般人也是不願意沿街行乞、惹人嫌厭的，畢竟乞丐一流，總是讓人瞧不起的。但我曾看過北宋人鄭俠所畫的《流民圖》，時難年荒，衣食無著，再加上家園破碎，不沿路乞討，又何以為生？看著那一個個衣不蔽體、瘦弱不成人形的乞丐，一面是憐惜，一面也慶幸自己是生於現代。否則的話，以我的條件，恐怕不想當乞丐都很難了。

乞丐通常是身體有缺陷的，在古代，這樣的人永遠不可能有出息的日子。武俠小說裡常出現「丐幫」，是由全天下的乞丐組合而成的，金庸將他們冠上「忠義」的名號，儼然具有左右江湖大勢的威望。這當然是小說家的虛構，宋代雖有個別小區域的乞丐組織，更有類似首腦的「團頭」，但社會地位卑下，他們是永遠沒有翻身的機會的，更遑論社會影響力。古典話本小說〈金玉奴棒打薄情郎〉中的莫稽，不正是嫌棄出身乞丐之家的金玉奴，所以才下狠心企圖殺害的嗎？

我應該沒當過乞丐。說「應該」，是我不敢確定。小時候，每逢清明節掃墓的日子，我照慣例都會有和一群小朋友聚集在墳場旁邊，聽到祭祖者祭拜完畢放鞭炮時，就趕去排隊領取米糕、水果和銅幣的行為，這倒是和《孟子》書裡所講到的「齊人」在墦間乞酒食相類的，不知道算不算乞丐的一種。不過，無論如何，雖然可以差相彷彿地體會到乞丐看人臉色、逢人低首的窘狀，畢竟未有實際經驗，很難憑空揣想；但我卻真的有被人當成乞丐施捨的經驗。

那是一次跟團到山東參加《水滸傳》學術討論會的時候。會議開完，照例是要旅遊一番的，既是與《水滸傳》有關，著名的梁山泊，自是非去不可的了。

梁山如今已是無泊了，卻成了重要的觀光景點，入山口還特地砌造了象徵一百零八條好漢的一百零八個階梯，得先爬過這層層的階梯，方能當得成好漢。這當然非我體力所能及的事，所以我雖不是被「逼上梁山」的，卻是被身強力壯的同行伙伴「背上梁山」的。

過完階梯，還有很長的一段崎嶇山路，才能抵達「忠義堂」。這時我是騎馬，應該說是馬夫牽上山的。一路當然是顛簸難行的，到達終點時，我已是滿頭大汗，不得不在路旁的一塊大石上稍作歇息。

這時候，有幾個登山客打從旁邊走過，一個慈眉善目的婦人，看到我，竟然就從兜裡掏出了兩張一元的人民幣，硬是要塞給我。我當然是連忙婉拒了。就在相持不下的時候，那個促狹的陳廖安，竟拿起相機，拚命地咔嚓咔嚓起來。好不容易請走了這位大姐，陳廖安居然脫下帽子，擺在我面前，裡面還放了一張十元的鈔票，閃在一旁準備拍照為證。回到台灣，他在課堂上可是極盡其戲謔地講給同學聽。我攬鏡自照，左看右看，竟也發覺我真的是生著一張乞丐臉的，而且天生殘疾，連假裝都不必。心裡在想，如果那位大姐塞的是兩張百元鈔票，我是收還不收？

這個疑惑，盤繞在我心裡很久，卻意外地又獲得了解答。一次去澳門，也照例去

casino小試手氣。當時是已玩得毫無興味了，可同伴還在拚搏；我閒來沒事，便拄著枴杖，四處遊觀。卻不料有個婦人呼叫我，招手要我過去。我也搞不清楚究竟是怎麼一回事，不免就走過去相詢。沒料到，她居然翻開皮包，裡面是一大疊黃色的千元港紙，隨手抽了一張，就塞給我。我是既受寵又受驚，既疑惑又羞愧，莫非我真的就像乞丐？我沒有猶豫，也不敢猶豫，連忙拒絕，快步離開。我跟友伴說起這事，他們先是嘲笑我一番，接著就罵我笨，不拿白不拿，這可是千元港幣呢！說到我都有點後悔了。後來我再度回到那個位置，卻已不見她的人影了，心下既是竊喜，又有點悵惘。

我常懷疑金庸小說裡的洪七公，他是個乞丐，卻如此偏好美食，不知是哪來的那麼多錢財，可以讓他變成美食專家？吃得不夠飽，那威力無疇的「降龍十八掌」，又怎麼能施展得出來？想著想著，就不免會想岔了路，其實不偷又不搶，「拿來主義」也正派得上用場吧？

其實我是有充分的理據還支持我這想法的。三〇年代的文學爭論，通俗武俠作家被詆罵得很慘，說他們不是「文娼」，就是「文丐」。我是研究武俠小說的，「娼妓」自問是當不了的，可「乞丐」卻還行有餘力，足可與他們沆瀣一氣。反正每次申請一些研究補助，不也是成天跟政府乞討嗎？而且，時有時無，像極了乞丐。

於是，我就有了個索性真的當一次乞丐的念頭。

我的構想是，找個沒人認識我的城市，穿上破爛的衣服，頭髮不梳，鬍子十天不刮，臉上再塗點油汙，坐在人多的地上，面前擺著一隻缺了一角的破碗，再放上幾許錢鈔、銅板，連偽冒都不必偽冒，我倒想看看，一天下來，憑我這副乞丐臉，到底能夠賺到多少錢？

我跟大陸的一些朋友提了這主意，請他們為我設法圓成這一「夢想」，並預設了幾個難題，要他們幫忙解決。一是要先跟警察報備，以免他們前來取締，我連跑都跑不掉；二是要先跟地方角頭打好招呼，免得被誤為是來搶地盤的，或是要我交保護費；三是必須要隱藏在附近，一出問題，立即出面「救駕」。

這一構想，至今都還沒有實踐，當然困難是非常多的，朋友打趣我，現在大陸已經不時興帶零錢了，都是掃二維碼的，我的構想早就落伍了。這讓我有徒呼負負

乞丐狂想曲

的失落感。

我突然想到，要不就在台灣吧？反正我不要臉慣的了，就是被人認出，也就臉皮撐得厚厚的，更何況我也不是什麼知名人士，又何為而不可？

我不知道我最後有沒有膽量履踐這一齣「乞丐狂想曲」，不過，假如有那麼一天，在街上真的有緣遇上了一臉乞丐相的我，在街邊行乞，你無須訝異，也不必驚喜，更不要揭穿，就慷慨一點施捨吧！但是，醜話說在前頭，我這乞丐就像武俠小說裡的丐幫子弟，還是有原則、有骨氣的，我是非千元紙鈔不收的。

各位好朋友，你們會不會大發善心，施捨施捨呢？

輯三　倚天舊事

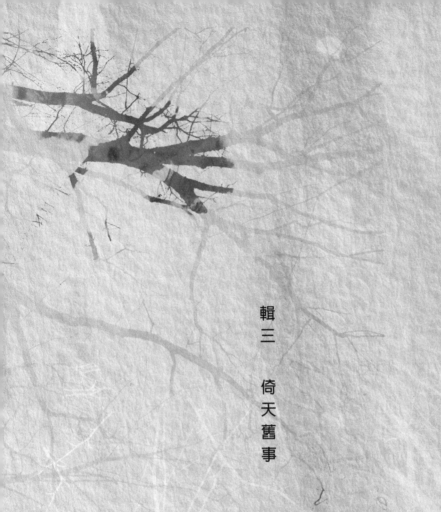

留級生

有時候，人生的轉捩點，並不在機遇，而在於抉擇。

小時候，「留級」是非常丟臉的一件事，不懂事的小朋友，會整天圍在你身邊，唱著：「留級生，採花生，採了花生變女生。」這種事，我也是做過的；只是，為什麼會「變女生」，到現在我還是不懂，那如果是女生留了級，又會變成什麼？我更是不知道了。但是，留級的滋味，酸酸澀澀、苦苦辣辣，我倒是體會得很深切的，因為，我就是個「留級生」。

我小學的成績，從來不曾名列前茅過，畢業時獲得的獎項是校長獎，那是班上第六名，沒什麼出奇的；國中時期，不上不下，大約在中等之間，從來沒有拿過什麼獎狀，最多只獲得一次國文注音比賽的第二名，更是乏善可陳。但我「大考運」一直很好，高中聯考居然在吊車尾的情況下，當了孫山，考上新竹中學。當我正樂不可支的時候，班導師澆了我一頭冷水，「考上省中也一定留級」。果不其然，讀了一年，就真的留級了。

新竹中學在當時是留級出了名的學校，只要兩科主科，或一主一副不及格，就鐵定是留級的命運，沒有任何補救的空間。我當時是英文、數學兩主科掛掉，補考又未能及格，於是就成了我以前嘲笑的「留級生」。

說起來，我的留級是既冤枉又不冤枉的。冤枉的是，我是全班四十五人中第十八名留級的，冤枉吧？但是，當我知道有別班的同學是第二名留級的時候，我就釋懷了。其實，我知道我的留級是一點都不冤枉的，那叫活該，因為我從來不是「用功」的學生。

我國中時的底子很差，數學是連一元二次方程式都攪擾不清，這且不說，英文更是連音標、詞性、文法都一竅不通。上了高中，首先就被三角函數的SIN、COS搞得七葷八素，然後又遇到一個70％以英文授課的師大英語系畢業的女老師，簡直就是鴨子聽雷。連聽都聽不懂的課程，在度德量力之下，多半也就是掉以輕心了，上學期成績下來，英文、數學，自然掛彩，其他科目，倒還算差強人意。

下學期開始，在同學、師長提醒下，我是開始有點緊張了，但數學我實在是無能為力，只能宣告投降，而將心力放在英文上面。我下定決心、鼓起勇氣，向老師請教我應該如何才能加強英文能力的問題。這位英文老師其實是很耐心詢問我的狀況的，舉了幾個問題問我，我居然全都不會。她看了看我，搖了搖頭，說「你連這麼基礎的概念都不會，那我沒辦法教你」。我聽了當然神沮氣喪，大受打擊。但所幸我向來硬頸強固，從來是不肯服輸的，「我就不信我搞不懂文法」。因此，我就向英文程度好的同學請教，然後，他從音標、重音、詞性到文法規則，一一向我詳加解說。這真是醍醐灌頂，一言驚醒夢中人了，其實，英文並沒有我想像中那麼難！於是，在我積極努力之下，英文程度節節攀升，學期成績居然就及格了。可是，上下學期平均下來，五十八分，還是不及格。

終於，我還是留級了。

這裡還有一個插曲，那就是數學命題的風波。當時有一位數學老師，剛巧是教我們班的，負責出期末考的數學試題。據傳聞，他當時正在籌設補習班，為了增加生員，就故意出了接近大學微積分程度的考題，一場考試下來，全年級學生只有一個及格，三百個零分。當下群情大譁，其他班級的數學老師群起蜂議，向當時的辛志平校長抗議。辛校長幾乎是所有被他帶過的竹中學生沒有一個不稱讚、懷念的好校長，但做起事來一板一眼，既守法不阿，又尊重老師。他請那位數學老師演算、證明，雖然題目真的較難，但多方運用所學的基礎，還是可以運算出來的。於是，「沒有超出範圍」，拍板定案，就注定了哀鴻遍野的命運。不過，辛校長大發慈悲，破天荒地在暑期開設了補救教學的課程，讓所有不及格的同學，都可以補考。英文科也就連帶受惠，也設了三班的課。

我知道，即便當時數學題目再簡單，我還是一樣不可能及格的，所以我將全部的心力，放在英文科上。整個暑期課程，我是非常認真的，將指定範圍準備得相當充分，心想只要英文PASS了，我就可以升上二年級，而我，是有滿滿的信心的。

但萬萬沒有想到，出補考試題的老師，誤以為補考是考全年的英文範圍，所以出的題目遠遠超過補習所授課的內容。我只考了五十六分，還是注定要留級了。當時我真的是有點不甘心的，戰戰兢兢地跑去教學組複查成績。當時教學組長很是通情達理，就將考卷及答案遞給我，要我自行檢查，他就施施然走出了辦公室。我小心翼翼地複查了兩遍，沒錯，就是五十六分，一點都沒有通融的空間。當時辦公室裡只有我一個人，鉛筆在手，我左顧右盼，忐忑上下，就陷入了天人交戰。只要我膽子大一點，只須更正兩題的答案，就可以過關了。四顧無人，to be? not to be? 我真的陷入長考之中。最後，我下了個決定我一生命運的重要抉擇：我認了，就留級吧！

其實，我知道這位組長是故意放水的，因為就在我決定了之後，他走了進來，還問我要不要再仔細核對一遍，他可以再給我十分鐘。我想了想，搖了搖頭，默默走出了辦公室，義無反顧地踏上我的留級生涯。

後來我是非常慶幸自己當初所作的抉擇的，因為，即便我偷改了答案，順利升上二年級，但在面臨未來的大專聯考之際，以我當時的程度、心態，我敢斷定恐怕是連文化大學都考不上的。有時候，人生的轉捩點，並不在機遇，而在於抉擇。

留級，真的是很丟臉的事，家人都不敢置信，父親沒多加責怪，只罵了聲「夭壽仔」，但我卻是內疚不已，下定決心，以後一定不再幹這種丟臉的事。

重讀高一，我是〇字頭，學號是藍線所繡的，還是一條槓；開學的第一天，我遮遮掩掩地用書包帶遮住〇字，深恐被人察知，卻沒料到，新生是一字頭，可竟是用綠線繡出的，顏色是騙不了人的。我滿懷羞愧地進入教室，很自覺地就往後排座位上挨擠，放眼一看，後面幾排的人，學號都是藍線繡的，仔細觀察，竟然還有九字頭的，算算人數，竟有十五人之多，占了全班的三分之一。這是新竹中學有史以來留級人數最多的一次，有三百多個，學校不得不增班、增人，多數是因為數學、英文兩科被當所致。較跌破眾人眼鏡的，是一個別班的同學，他是數學和音樂，聽說音樂老師無意留難他，因為他是全班第二名，但補考時睡過了頭，老師一怒之下，就讓他慘遭滑鐵盧了。

俗話說，「人多氣壯」，當發覺到我們這群留級生居然如此人多勢眾的時候，面對這些菜鳥新生，我們立刻屏除掉害羞、慚愧之念，開始以老油條自居，雖不敢說作威作福，但囂張跋扈，肯定是少不了的，諸所舉措，都能使這些菜鳥馬首是瞻，吭都不敢多吭一句。

但經此一留級的教訓，我當然就開始較關注於課業之上，成績大抵維持在前三名左

姓名	林保淳

科目	第一學年（民國六十學年度）時數	第一學期	時數	第二學期	學年成績	第一學年（民國六十一學年度）時數	第一學期	時數	第二學期	學年成績
三民主義										
公民	2	72	2	75	73.5		[illegible]			
國文	6	75	6	76	75.5		83		83	83
歷史	2	77	2	86	81.5		75		81	78
地理	2	69	2	81	75		74		78	76
數學	4	53	4	37	[illegible]		67		61	64
自然學科 物理										
自然學科 化學										
自然學科 生物	4	66	4	63	64.5		71		80	76
英語	6	54	6	62	58		75		70	73
音樂	1	60	1	63	61.5		70		75	73
美術	1	60	1	64	62		65		68	67
工藝	2	78	2	68	73		70		81	76
[illegible]							75		75	75
總分	30	1896	30	1920	1908		2002		2025	2014
平均成績		65.3		66.2	65.75		74		75	75
操行成績		82		81	82.5		79		79	79
體育成績		72		83	77.5		69		76	73
軍訓成績		75		78	76.5		89		76	82
缺席時數										
升留級					留					升
備考										

科目	第二學年（民國六十二學年度）時數	第一學期	時數	第二學期	學年成績	第三學年（民國六十 學年度）時數	第一學期	時數	第二學期	學年成績
三民主義							78		83	81
公民		82		79	81					
國文		87		88	88		81		87	84
歷史		78		79	79		71		86	79
地理		77		78	78		74		79	77
數學		80		74	77		81		80	81
自然學科 物理							88		87	85
自然學科 化學		72		71	72					
自然學科 生物										
英語		86		86	86		77		85	81
音樂		80		82	81					
美術		60		73	67					
工藝		67		73	70					
[illegible]		80		87	86		81		90	90
總分		2495		2517	2526		2152		2180	2208
平均成績		81		81	81		79.7		80.7	81.8
操行成績		84		84	84		87		87	87
體育成績		77		83	80		75		70	73
軍訓成績		77		73	75		78		81	80
缺席時數										
升留級					升					
備考										

科目	第 學年（民國六十 學年度）時數	第一學期	時數	第二學期	學年成績	第 學年（民國六十 學年度）時數	第一學期	時數	第二學期	學年成績	學期平均	畢業考試	畢業成績
三民主義											87	70	78
公民													
國文											85	82	84
歷史											79	79	79
地理											77	91	81
數學											74	89	79
自然學科 物理											85	61	68
自然學科 化學											72	80	74
自然學科 生物											76	66	73
英語											80	86	82
音樂													77
美術													67
工藝													73
[illegible]													83
總分													2300
平均成績													79
操行成績													83
體育成績													77
軍訓成績													79
缺席時數													
升留級													
備考													

我讀新竹中學的成績單

右，此後高二分入文組班，班上一半一半，留級生與一般生各據一方，最活躍的，還是我們。當時我的成績算是蒸蒸日上的了，應該都是班上的第一名，連英文、數學的成績也水漲船高起來。但是，我自己的程度到哪裡，其實是心知肚明的，面對嚴峻的升學競爭，心裡是一點把握都沒有的，只求文曲星眷顧，能考上個國立大學，就心滿意足了。

我說過，我的「大考運」真的是不差的，在考場中如有神助，連考前猜題都猜到了不少，跌破了許多人的眼鏡，居然以令人不敢置信的高分，考上了台大中文系，是全市文組最高分，而且是系狀元。說也奇怪，只要一逢大考，我就是福星高照，明明不會的題目、沒讀過的書，就在提筆之際，文思泉湧，三掰兩湊，竟能夠符合答案。碩士中了探花，博士當了狀元，我一個人，當了兩次狀元、一次探花郎，可是卻沒有幾個人知道，其實我是很慘淡的留級生。

我念了四年的新竹中學，跟隨著辛志平校長三年半，至今仍感懷這位一生清貧、戮力於教育志業的校長，有時候，還真慶幸於當年的留級制度。在往後大學教書的日子裡，我不止一次遇到當年曾經留過級的校友，學者、專家、教授，常常不期而遇，一說起高中生涯，「啊，我也是留級生！」然後說起辛校長，說起東山街，說起流動教室……都是倍感親切。那位以第二名留級的同學，後來以第一名畢業，考上了台大，如今已是大學的副校長了。

那位數學老師，如今已是不知下落了；英文老師倒是又聯繫上了，我主動前往「自首」，道及我對她的感激，大家哈哈一笑。嚴師不見得會出高徒，但是一日為師，做學生的都是終生感懷的。在此，向曾經教導過我的許多老師，尤其是我四年高中生涯中無論教過、沒教過我的竹中老師，致上千萬分的謝意。

竹中四年

我國中的時候，成績不怎麼樣，尤其是英文與數學，落後到慘不忍睹的地步，竟然能夠考上新竹中學，不但跌破許多人的眼鏡，連自己都有如作夢般，無論如何都不敢相信。竹中是出了名的「留級」學校，當時班導師就預斷我必然是會「留級」的一位，果然很幸運地被言中了。

竹中四年，可以說是我一生命運的轉捩點，而「留級」一事，儘管當時頗感丟臉，卻意外地讓自己更清楚明白自己的底限，更確定自己未來應努力的方向。

初進竹中，心中自是難免雀躍非常的，但張開雙翅，卻有如沒頭蒼蠅般，東飛西撞，不知該往何處去飛。因為第一天上課，就碰到了和大學一樣的「流動教室」。

「流動教室」是辛（志平）校長發明的，他採取了大學每節課都在不同教室上課的教學方式，美其名說是先讓同學「超前部署」，並可讓學生鍛練體魄。因此，每逢下課鐘響，就看見全校整個騷動起來，蜂湧出無數的學生，萬頭攢動，身影匆促，紛紛趕往下一堂課的教室。當時我就很氣這個「新」校長，沒事幹嘛新官上任三把火，搞出這麼

新竹中學（竹中校友會提供）

新竹中學的辛志平校長（竹中校友會提供）

個莫名其妙的制度。我動作遲緩，舉步也艱難，倉促而緊迫的十分鐘下課時間，校園雖不大，但樓上樓下、高階低階，有些教室相隔又遠，真的就是夠我跋涉的了。每次我總是在慌忙雜亂之際，迅速收拾書包、用物，趕往下一節課的教室。匆忙之際，總難免丟三落四，一個學期下來，我掉了兩頂大盤帽、一隻雨傘、一個便當盒，鉛筆、原子筆等文具，更是難以盡數，而且絕對是大汗淋漓、氣喘咻咻地，最後一個走進教室的。

當時我還沒有拄枴杖，一隻手拄著右腿，一隻手維持平衡，搖搖晃晃地「掰」著走，又生恐遲到挨罵，真是緊張得不得了。所幸我當時還年輕，也算身強力壯，再加上同學都肯幫扶，這個幫拿書包，那個幫拎物品，還會有人牽著我的手前行，雖然身體疲累，心中卻是充滿感激的歡喜的。三年半的磨鍊，儘管辛苦，卻也練就一身好功夫，下樓梯的時候，按住樓階的扶手，輕輕一躍，我可以橫跨三級的階梯，像猴子一般地騰挪往來。直到最後半年，辛校長退休，「新」的校長履任，才結束了這苦惱的流蕩日子。

我是竹中第二十八屆畢業的，凡是被辛校長帶過的學生，沒有一個不感念他的。但

竹中四年

在學期間，他卻往往成為學生取笑的對象。他喜歡訓話，週會時可以一說就是一個多小時，但「莫名其妙」的廣東國語，台下的同學往往也聽得「莫明其妙」，我常是很用心諦聽，但終究抵不過睡魔，跟許多同學一起東倒西歪下去。

他是我所聽聞過最清廉認真的一位校長，生性儉樸，行為士範，他有句「為語橋下東流水，出山要比在山清」的名言，雖說出自地質學大師丁文江，卻是以一生身體力行的。我常見到他騎著一輛已不知有多破舊的腳踏車，從東山街一路踩過來，數十年如一日，校門口有個挺陡的斜坡，我看到他雙肩聳動，腳底用力，身體微舉，吃力往上騎的背影，就會泛起讀到朱自清的那篇文章時同樣的感受。

很多事，辛校長都是親力親為的，走在路上，看見有紙屑果皮，一定會親自彎腰拾取，然後放進西裝口袋，從不會叫旁邊的同學代勞。高一時有節「勞動服務」的課，剛好我們班是他帶的，在分配好打掃工具後，他永遠是第一個開始動手清掃的，當時我不必勞動，就在校園中的大榕樹下替同學看管書包，遠遠看著他微僂而又堅挺的身軀，心裡有種莫名的感動。

辛校長辦學，有他自己的理念，強調五育並重，連音樂、美術都要求得極為嚴格，因為其中一科而留級的，正不在少數。我是天生缺乏這兩種素質的，應付起來也是頗感吃力。音樂老師盯得很緊，中午時間的竹中校園，到處都傳來以掌擊桌，噹噹噹噹的低唱聲，形成奇特的一景。我的音樂老師是吳聲吉，我們私下呼之為「無升級」，上他的課，總是戰戰兢兢地，每考樂理，他信手一拋，鴨蛋、恐龍蛋就砸得滿教室都是。他對我倒是手下容情的，六十分，剛好是低空飛過。我的五音不全，念大學時是有名的，別人是「賣唱」，我是「賣不唱」，有時興起，欲大展歌喉，才剛起音沒兩句，就會有人拋錢給我，拜託我不要再唱了。想到這，也不知是否該感懷，還是愧對師恩。

辛校長也是極看重學生體能的，每到中午，他都會到各教室巡視，看到有人在埋頭苦讀，就會走過去，不是叫他睡一會午覺，就是要他去操場跑一跑、動一動。每年都舉辦越野賽跑、水上和陸上運動會。竹中的學生，被嚴格要求在畢業前一定要學會游泳五十公尺。

我自小倔強好勝，凡同伴會的，我就絕不肯落後於人，雖是身體不便，上山下海，我都躍躍欲試。從小我就曾和小朋友在住家附近的幾處野塘「偷」游過泳，那時因為溺水的事件頻傳，家長都是嚴厲禁止我們去游泳的，但從來都阻止不了我們在炎炎夏日那顆蠢蠢而動的心，但我不會游泳，只能在池邊玩水。但儘管只是玩水，卻也有一次差點滅頂的經驗，因此，早就下定了要學會游泳的決心。辛校長有許多制度，對我來說都形成莫大的困擾，唯獨學會游泳，是我竹中四年最大的收穫之一。

本來殘疾生是不必上游泳課的，但我卻是非上不可。當初我是怯怯生生地詢問體育老師的，生怕他們不准我下水。沒料到體育老師不但稱揚鼓勵，更輪流對我一對一教學。我不消一個月，就學會了游泳，而且還算游得不錯，蛙、自、仰、蝶，四式都會。當時竹中有幾位殘疾生，也因此備受鼓舞，也學會了游泳。辛校長還特別在水上運動會時，為我們舉辦了競賽。我在第八水道，使勁拚命往前游，看台上一片歡呼加油的聲音，還有一位同學循著池道，全程在為我加油，到現在我還牢牢記得那高昂而興奮的鼓舞聲，心中也無形中澎湃起來。

自此，我成為游泳池的常客，跟我上下幾屆的同學，沒有一個人不知道我這個好勝心強過一切的同學。

進入台大，知道台大有游泳池，我當然立刻就去申請游泳證。但是，泳池的管理員說什麼也不敢自作決定，於是便向體育組長請示，體育組長也不敢貿然作准，就又請示了訓導長。訓導長打量了我一下，「你能游泳嗎？」我很篤定地說，「不但能，而且會。」訓導長就決定，先考試測驗再說。當時是管理員、體育組長、訓導長和幾個訓導處的人一齊會同面試的。我換好泳褲，下水，一下子就游到了二十公尺遠的對岸，回游過來，卻一個人都看不到了。這應該也是台大殘疾生得以允准入游泳池的開始吧？多年以後讀博，還有體育組的老師，請我去指導、鼓勵殘疾同學游泳，可惜當時忙於課業，沒敢答應。不過，原來寢室裡的幾隻旱鴨子，可都是我教會他們游泳的。寫到這裡，我由衷地感謝當時盧威雄等幾位竹中的體育老師，因為在他們的教導鼓勵下，我成功地度過了「水的挑戰」這一關卡。

既敢下海（水），當然我就無須畏於高山。第一年高一那年，班導是上課既幽默、學識又精博的楊良平老師。他最喜歡爬山，每逢週日，都一定會帶領學生登山健行，而且以他生物學的專精知識，在課堂上跟我們說了許多登山可以如何窺見造物之奇的經驗，這就使我心生嚮往，恨不得能及時鑽透雲霧，探其真面目。

記得當時是爬鵝公髻山的。一群人搭車到了入山口，就個個黽勉而上，一路顛顛簸簸，真的是千難萬難。我很快就脫隊了，爬到半山的一個小廟，體力已透支，只好知難而退，說好在那等他們回程下山，再一道回去。可是，當天他們進山，卻走岔了路，七拐八拐的，天色又晚，就只能從另一處下山。我一個人待在小廟，跟廟祝聊天，苦苦等到太陽向西，也不知他們幾時能夠回來。廟祝勸我早點下山，否則天黑了就摸不著路。我原先還是有點猶豫，但稍後有兩個登山的女子下山，聽聞我的事，也勸我要及早下山，我才放棄等待，跟她們結伴而下。下山的路，不比上山簡單，天色又黑路又暗，一路往下，其實很多路段都是其中一個大姐姐背我下山的。一個男子漢大丈夫，竟勞動到女子背負，我當然是萬分汗顏的，除了感激，也更是慚愧。從此，我得到一個教訓，凡事千萬要量力而為，不能太過逞強，否則的話，自苦苦人，只是平添困擾而已。

在往後的日子裡，我還是爬過山的，西安的乾陵、都江堰的青城山、梁山的梁山、泰安的泰山，也都登過，但我不是「好入名山遊」，只是被這些山掩映在雲霧之後的歷史與傳說吸引得不由自主，而不敢再有逞強好勝之心了。

高中四年，我既是問題學生，更是活躍分子，除了越野賽跑，我實在是力不從心之外，所有學校的活動，我都勉力參加，連陸上運動會，我都選擇了「爬竿」作參賽項目。網球、排球、棒球，站著、蹲著、撐拄著，我一項也不肯後人，甚至連足球，我也躍躍欲試地踢過幾腳。不過，身體所限，這些「武」的部分，無論如何也做得有限，倒是「文」的方面，除了蟹行的英文外，文史科目，通常還是足以領袖群倫的。這就不能不提到教過我的四位國文老師。

第一年的國文老師是吳玉蓮老師，當年以「岳岳」為筆名，發表了不少文章。她改作文分數給得很緊，只要拿到七十五分，就足以讓同學高興得老半天。她算是我台大的學姐，後來是出國了，多年後回來，讀政大碩士班，當時我正讀博，見過一面，還承她多加誇獎；第二位是杜維恭老師，身材頎長，臉常帶笑，但有點冷峻，讓人較不敢親近，我們私底下稱他是「冷面笑匠」，黑板字鐵畫銀鉤，尤其是豎筆，劍鋒透紙，怎麼樣也學不來；第三位是盧德勝老師，笑容可掬，但板起臉孔，也常教人望而生畏，他講課最喜引用《玉篇》，後來歷任補教、私校、公校教師，是一代名師，如今雖已退休多年，仍銳意進修，近幾年我們師生常有往來，相處歡洽無間；第四位是顏忠雄老師，身形短小，沉默寡言，但教學則一絲不苟，井井有條。這四位老師，都是我啟蒙的恩師，我之所以會選擇中文系，都是受到他們的潛移默化，至今猶能清晰憶起當年他們在講台上口說指畫的奕奕神采。

在我前半生中，雖說是有點崎嶇坎坷，但始終都有貴人相助，竹中四年，跟我曾朝夕相處的同學，殷殷教導的師長，每一個都可以說是愛我惜我、顧我助我的貴人，在我成長的過程中，一株野草，得以逐漸茁生、挺拔、茂盛，乃至亭亭如蓋，都是他們的功勞。走筆至此，由衷感謝這些在竹中時期的良師益友。

我的「菜英文」

我對英文的觀感，始終夾雜著既憾又懼的莫名情結。我深知英文的重要性，無論從任何角度來看，多一項語言能力，的確會對自我生涯的開展及選擇，有非常大的助益，而遺憾的是，我的英文始終好不起來，單字雖是背了不少，文法也還稍微能掌握住，可學習英文耗費了我九年的光陰（國中三年、高中四年、大學一年、研究所一年），到目前為止，非但無法閱讀較具理論的英文書，連遇上該說英語的場合，也往往擒舌箝口，說不出幾句流暢的話。我自問對語言的敏感度還是夠的，從小，客家話（海陸、四縣、饒平三種）、閩南話，都是未學而能；由於與港澳僑生較為熟稔，聽聞既多，也還算是「麻麻得」有六、七分的實力；甚至四川話，也能胡謅幾句，可對於英語，就實在隔膜甚深，彷彿從未學過一般。箇中原因，倒是非常值得深思的。

我小學畢業那年暑假，被在師大數學系就讀的三哥逼迫著學英文，眼看著同村的孩伴可以自由自在地耍鬧嬉樂，而我必須將二十六個字母的大小寫、正草體天天摹寫著，心裡是非常不平衡的，這或許是我入門的最大陰影。我是國中第一屆的「白老鼠」，就讀的國中當時聲譽不佳，師資嚴重匱乏，學了三年，儘管成績一直都過得去，但我不懂音標、不通文法，居然還能有不錯的成績，可能是老天垂憐了。但升上高中，老天就似乎將我屏棄了，高一的英文老師是師大英語系的高材生，但上課七分英語、三分國語，無論是聽講課文或教授文法，對我來說，都等於鴨子聽雷，完全不知她在講什麼。考試成績之差，是可以想見的，上學期就以紅字慘然收場。

我也不算不認真，至少單字我都背熟了，課文也囫圇吞棗在念了，可是真的不知道念了些什麼。下學期我開始有點緊張了，可是試卷發回來，就從來超過不了五十分，也不知道自己錯在哪。有一次，終於忍不住了，就大膽去問了老師，我記得我問了兩個問題，一是machine為什麼要念「摩信」，而不能念成「摸伈」，老師說這個重音在第一音節，我就問了一個蠢問題：「什麼叫重音、音節？」另一個問題是：「east明明就是指東方，為什麼我寫east area是錯的？」老師說這是文法，詞類變化，要寫成eastern才對。我又問了個笨問題：「什麼是詞類變化？」老師很憐憫地看著我，「你連這個都不曉得？」、「那我真的沒法從頭教你了。」原來不但老天拋棄了我，連老師也認為我是「孺子不可教」了，這對我無疑是一記當頭痛擊！

所幸我這個人，別的長處沒有，就是不服輸，我就不信我搞不懂！於是，我就去問了班上英文很棒的同學（彭文水），經他扼要解說，我才知道，原來英文和中文是有多大的不同，原來課本裡單字標注的N、VI、VT、ADJ、ADV是用來作什麼的！原是一竅不通的我，突然間豁然開朗起來，其實就是這麼簡單，這才開始了我踏入英文的門徑。可惜的是，為時已晚，下學期的成績由紅翻藍，卻上下學期平均還是不及格（五十八分），外加數學一科，我，變成了以前常常用來嘲笑別人的「留級生」。

後續的三年英文，有此教訓，我當然是戰戰兢兢，勉力學習的，畢業成績居然有八十二分，大專聯考也不小心考了六十二分，可是，從此對英文卻也因陰影太深，始終不願去面對，聯考填寫志願，我連一個英文科系都沒填，逃閃去念了我最喜歡的中文。大一英文、研究所高級英文，都是必修，這次應該是老師垂憐，雖然都是吊車尾，還是勉強過關。自此一直到現在，我的英文程度不但毫無進展，恐怕早退回高中程度了。從碩、博士到加入教書行列，我對英文始終都敬而遠之，必要的時候，就找翻譯本翻閱，勉強混到現在，英文可以說是完完全全的「何有於我哉」了。我有個很難說服別人，卻很容易說服自己的理由：我是中文系的，我教中文系的，所以……。可我心裡卻很明白，我之所以到目前還是井蛙觀天、春蠶作繭，無所長進，未始不是導因於我的「菜英文」。

我相信我是下意識裡排斥英文的，但我的理智明顯與此格格難入。只是，誤入塵網三十年，與英文絕緣的這麼多時日，無論是教學、生活，也未覺得有若何不便之處，雖不能向上提升，至少也能甘於平凡。我想，我這輩子是不能躋身於菁英行列了，和光同塵也未嘗不好吧？

的確，英文是菁英必備的利器，有此利器在手，不難有所斬獲，尤其是對自許高端、鐃具企圖心的人而言，更是成功立業的晉升之階。只是，這個社會是呈金字塔型的，高端的、菁英的，永遠就只有那百分之二十不到的人口，八成以上的人注定是要中低端的。對這些人而言，英文程度的高低，可能終其身不會有若何影響，且從國小開始到大學之前超過十年的學校英語教學，也應足夠其作簡單的運用了。可能是我的生活圈子較窄，多是中文學界、販夫走卒、家庭主婦之流，但放眼所及，不使用英語，一樣生活美滿快樂的多些，真的有必要花更多的時間去學習更多、更深的英文嗎？

行政院長賴清德以其自詡自傲的「府城經驗」，祭出「雙語國家」的政策，我不知道台南一中的進國立大學比率，跟未曾雙語的台北市的建中、北一女相較如何，但茲事體大，恐不能貿然實施。賴院長是名醫、是政客，是鼎鼎有名的菁英，其有心提升菁英，用心可嘉，但卻忽略了這個社會是不可能容納得下如許多的菁英的。英語程度雖佳，不保證能與國際接軌，反而造成學子的學習壓力，更將對傳統以中文為核心的文化造成衝擊，更遑論投入的人力物力之消耗，是否是現在已岌岌可危的政府財政所能承受的，真的建議賴院長千萬三思而行，切莫一意孤行，你的「府城經驗」，恐怕未如你所吹噓的如此有成效！

精通英語，好處多多，但「菜英文」對多數人而言，也未必構成多大的威脅。菁英分子，固然可黽勉學習，中低端人口，也未嘗不能透過翻譯介紹，增厚自己的實力。我個人是贊成多鼓勵年輕人學習英語的，但是卻更認為就是李家同校長所說的，當務之急在於改善目前的英語教學環境，同時，大量進行譯介工作，透過外國語言翻譯成中文的途徑，讓不僅是英語國家，甚至日韓印度、義俄德法的優秀著作，拓展有心及一般的民眾，更宏闊周全的世界胸襟。

我的「菜英文」是我今生頗大的遺憾，我對英文也向來有潛意識中的畏懼，但俱往矣，我還是沒有失卻我自甘平凡的樂趣；我所更畏懼的是，當社會一股腦地強調英文重要性如何如何的時候，邯鄲人學步，卻忘了中文才是我們安身立命最重要的語言！

我讀中文系

讀中文系向來是會被人嘲笑的，理科是肯定不行，英文大概也囫囫圇圇，至於未來出路，更是會讓杞人憂心個老半天。但我除了在此都未能免俗之外，卻始終認定，我天生就應該是讀中文系的料。

從小，因為身體的關係，無法與其他的小朋友一樣四處追趕跑跳碰，所以相對有較多的閒暇時間，可以一個人僻處一隅，以書為伴，自顧自地沉浸在文字編織的時空中。

小時喜看漫畫，稍長一些，愛讀武俠。家裡有七位兄姐，也不知是誰愛買書，書櫥中常可翻找到許多古典小說，兩個姐姐喜歡剪報，這些都是我信手可以翻閱的讀物。在小學時代，我已經讀完了原文的《封神演義》、《西遊記》，甚至連其實刪節得很乾淨的「足本」《金瓶梅》，都寓目過一遍。但不知怎的，家裡居然沒有《紅樓夢》和《水滸傳》，直到我上高中時，才自己買來看。跟小朋友閒聊，我總是會蹦出李元霸、秦瓊、程咬金、土行孫、楊戩、哪吒等名字，偶爾躺在草皮上，仰望青天中飄過的朵朵白雲，我常會跟同伴說，那是孫悟空的筋斗雲、八仙的座駕，他們是要趕去參加西王母的蟠桃大會的。我小時候的思維，是古典小說派的，這肯定影響到我博班畢業後，捨棄思想、文論的專業，一頭栽進通俗、武俠小說的研究領域。

我識字很早，頗得力於玩「尪仔標」的經驗，而更多的是父親藥鋪中琳瑯滿目的藥名，父親經常考我哪一味中藥是在哪一格的藥屜中，而我也常與同伴比賽看誰能先找出指定的藥屜。這使我對文字較具敏感度，小學期間，我是沒有生字的，而許多的成語，也是未學而能流暢使用。此所以在我求學的過程中，「作文」一直是我的強項。

但相對地，一碰到「算術」，什麼植樹問題、流水問題、行程問題，絞盡腦汁，還是一籌莫展；當時我最搞不懂的是，有誰那麼無聊，會將雞和兔子養在同一個籠子裡？至於英文，小學畢業那年暑假，被三哥硬性逼迫學完了四體的英文字母，所以國中剛開始，初上英語課，二十六個字母背寫得滾瓜爛熟，也是頗能驕其同儕的。只可惜，自負過了頭，到畢業時還是只能滾瓜爛熟地背寫出二十六個字母，連在一起，我就無論如何就念都念不出來了。

數學、英文是我弱中之弱，所以上了高中，自然將心力都擺放在國文和歷史。高中歷任的四位國文老師的課，我最是興致盎然，無論是文言、白話、文化教材，都聽得津津生味，也多虧他們的悉心指導，還有幾位雅愛文學的同儕相互鼓勵，國文科始終都有相當傲人的成績，「作文」一事，自然是不在話下了。

就高中程度來說，我的文筆算是尚然可觀的。當時的年輕學生，頗流行「筆友」這玩意，我就憑藉著一手還算可以唬人的文筆，「欺騙」過不少女生的感情。儘管這是「自欺欺人」，最後原形畢露的時候，都不了了之，但是光看、光聽到周遭儕友的羨慕嫉妒恨，就不知滿足了我多少的虛榮心。這時候，我已經知道，我注定是要讀中文系的，而且，夢想著成為作家。所以，我決心以讀中文系為我最終極的目標。

可問題也就開始叢生了。當我將聯考前必填的志願表呈遞給父親的時候，父親是拒絕蓋章的。父親一生以醫藥為命，其實最是盼望子弟中有人能繼承他的衣缽，但我的身體狀況，是不太可能讀醫的，何況早已入了文組，只能退而求其次，希望我能讀商科或法科。父親真的是替我未來的生計作考量的，看到我所填的志願，二十三個，除了中文，就是歷史，而且第一志願就是中文系，當然是雷霆之怒大發的了。

偏生我這個人是倔強硬頸的，也是抵死不從。父親說不過我，就老遠請了讀師大數學系的三哥回來「開導」我。三哥是我家當時唯一讀大學的，後來去美國拿了個數學博士，平時對我們幾個弟弟雖都很照顧，卻是威嚴有加的。他一邊訓誡，一邊開導，內容也無非是「未來如何如何」之類的套語，說得當然是理致俱足的，也代表了一般人對讀中文系的看法。可我當時是吃了秤砣鐵了心，這就是我的「興趣」，我就是喜歡中文，而且，我強調，「只要我努力用功，我不相信我未來不會有成就」。三哥應該是挺欣賞我這點，算是被我「說服」了，可父親還是堅持不肯蓋章。我就偷覷了個空檔，趁父親不注意的時候，偷偷開了鎖著的抽屜，將印章蓋上——哈哈，生米煮成熟飯，這下誰也奈何不了我了吧！

其實，在填志願的時候，我原本是想讀師大的，因為教書也是我的志願之一，尤其當初《汪洋中的一條船》的鄭豐喜，給我相當充沛的信心。但是，我的國文老師特地向聯招會詢問，師大是不收殘疾學生的，即使錄取了也沒有用。這使我不得不放棄所有師範體系的志願，改以台大中文系為第一志願。人間世真的是非常奇妙的，當時師大不肯收我這個學生，可三十年之後，峰迴路轉，我居然成了師大的老師。

於是，我進了台大中文系，開始做起了我的「作家夢」。

當時的新竹，其實只能算是偏鄉的小縣，文風並不鼎盛；新竹中學是以光頭、留級聞名的，辛志平校長五育並重，連音樂、美術、體育都考核極其嚴格，唯獨是不重視升學率，說平均是相當平均了，但卻也未對文學有特別的器重。當時的我，視野未廣、見識不深，誤以為國文科優秀，就代表了一切，而且思想固陋，只知讀國文課本，對課外的文史哲知識的攝取，都牢牢地被框限住，當時有同學在風靡黃春明的時候，我連他是誰都不清楚，最遺憾的是，當時雖聽聞過史作檉老師的大名，但因為沒有上過他的課，所以竟失去了向他請益的機會，只偶爾驚鴻一瞥地看到他那有點仙風道骨的頎長身影。

頂著個「系狀元」的虛名，其實我是「空空如也」地來到台大中文系的。面對著許多大城市孕育的同班同學，甚至是其他外系的，井底之蛙的窘狀，可真是畢現無遺。妄想成空，作家夢碎，甚至連自己該不該來讀台大，都產生了懷疑。

我這一輩子，乏善可陳，但「不服輸」的強倔，是連我自己都有點佩服自己的。我在一度的灰心、消沉之後，雖比不上古人的椎股懸梁、鑿壁映雪，但真的是用力鞭策自己的，我跑圖書館、聽演講、備課業，甚至開起了從未開過的夜車，在宿舍熄燈以後，就到餐廳讀書，有時索性就帶著枕頭，看累了就瞇睡一會，直到被餐廳砰砰作響的鍋碗瓢盆驚醒。如斯半年，才算勉強恢復了信心。

必須一提的是，我在溫瑞安的鼓勵下，一度參與了他的「神州詩社」，在一群熱心於文學的年輕朋友相互激勵下，我才漸漸地了解什麼叫做「文學」，什麼叫做「文藝青年」。讀著、看著、朗誦著這群詩友的詩歌和散文，我才知道，我以前常得高分的「作文」，根本就不是那麼一回事。我開始磨鍊筆鋒，新詩、散文、小說，不管是什麼體裁，反正就是寫寫寫寫寫，最後，文字總算是有所長進了，也常能在學校各個學院的刊物，發表刊登一些作品，甚至還有人哄傳我是個「才子」。回首來時路，那一條迤邐蜿蜒的曲徑，走得真是充滿汗與淚的。

「神州詩社」讓我充分了解「文章」與「作文」的不同，這是我的幸事，但更大的幸事是，我終於徹徹底底地粉碎了舊時的「作家夢」。儘管有許多文壇前輩，如司馬中原、蔡文甫等先生對我青睞、鼓勵有加，也曾經得到過耕莘文教院的寫作小獎，還得過一次金筆獎，但是面對一些真正文采飛揚、才氣縱橫的作家，我有自知之明，是一輩子也比不上他們的。寫作，真的是需要有才華的，我自問剛好付之闕如，所以在大三的時候，就決定改易途轍，走學術研究這條路。

於是，我就成了後來社會所瞧不起的「米蟲學者」，直到三十年後退休。說「米蟲」，這倒不是自我貶抑，而是我親耳聽聞的。在淡江教書的時候，就眼見一個理工系的教授，指著文學院的大樓，「這裡都是米蟲」。想來我也是「米蟲」之一了，而且很可能還是比較肥的一隻。社會觀念常是以「有用」、「無用」判定價值的，人文學科向來也都是被目為無用的。

我常拿《莊子．山木》篇裡的寓言，自我紓解，「無用」，有時也是有「大用」的，「材與不材」，但看觀者的角度。但想來是沒有多少人能懂，或是願意懂的。也罷，無用就無用吧，反正如今垂然而老，想用也是無處可用了。就安之若素吧。

儘管讀中文系是「無用」的，但是卻非常「有趣」。讀中文系，有時是得天獨厚的，尤其是對男生來說。中文系的女生特多，大約占八成左右。當初我察看榜單的時候，就曾一一細數，平均一個男生，可以「分配」到六個女生，這簡直是韋小寶的待遇了，我可是滿懷期待地想像著左擁阿珂、右抱雙兒的豔事。可惜的是，幾經挫敗，粥粥群雌，連個建平公主也沒能守得住。

大學時我是住理工科宿舍的，整個男六舍，就我一個文學院，而且是中文系的。讀中文系的女生，向來都被「誤讀」成溫婉多情、美麗綽約的，偶有個幾分姿色，就會被理工科的男生，以蝗蟲式的眼光，形容成貂蟬，所以向來是理工男生聯誼的首選。我在當時可紅了，一天到晚都有人來向我打聽，跟我索借通訊錄，一時炙手可熱，無與倫比，我幾乎成了宿舍裡最受歡迎的人物。

記得當年有一位理工科的學生，在《大學新聞》發表了一篇〈文學院男生的壓抑〉，全校轟傳，其中的重點之一，就是女生都被醫科、理工科搶光光，說起來我多少也是有壓抑感的，但當時是堅不承認；終於，大學暗戀、明戀的女同學之中，真的有一個被電機系的男生搶走了，至今還是相當扼腕。多年以後，他們夫婦攜小孩來拜訪，結果不知為何，竟被我的小孩弄哭了，我笑著說，「兒子替老爸報仇」，眾人就是一片笑樂之聲。惘惘此情，我記得，料想她也會記得。

讀中文系雖常被目為「無用」，尤其是以理工科的眼光來看，既無益於國計民生，又不能賴之以養家活口，何用之有？可其實還真的是有點出人意料之外的「用處」的，至少，情書可以寫得比理工科的人更易打動少女的芳心。

情書是萬萬不能當真的，情激意動之下的戀慕、思念，雖未必全假，但文字的修飾，多少會具有霧中看花的效果，讓人信以為真。我算是寫情書的高手了，較諸當時坊間流行的《情書大全》，絕不遜色。以前追求內人的情書，還一疊疊被她深藏於篋中，我還真怕一旦我不小心桃杏出牆，就被當成了「負心」的鐵證，可卻是拿也拿不回來，更別說湮滅證據了。所以我始終戰戰兢兢其事，不敢稍越雷池。

學理工科的人，料想是缺乏這樣的本事的，所以，我常替人捉刀寫情書。最成功的一次，是我一位念過四所大學的理工朋友，一筆蚯蚓爬式的字體，平生也沒能謅得出幾行文采動人的句子，在多方懇求之下，我便替他代寫。那是我生平代寫情書的傑作，在三百多封應徵的信函中脫穎而出。情書內容我已忘得差不多了，但是，我最後一句，「緣分，妳相信過嗎？及至見到妳，我便不再懷疑」，據說就是他最後終能抱得美人歸的金句。儘管後來我頗受責難，被羅織了「騙子」的惡名，卻大有成人之美的喜樂。

讀中文系的苦惱，往往還不在讀書的時候，步入社會，才真的感受到此間「有用」、「無用」的差別待遇。儘管同學少年多不賤，最多也不過個窮教書匠、老學究而已，與理工、商醫出身的真的無法相提並論，但多數還算是足以溫飽，所以埋怨、嘮叨幾句，也就都船過水無痕了。可是，卻有一件讓人萬分苦惱的事。

詩詞對聯，這中國幾千年傳下來的玩意，是被外人論定成中文系的專業的，中文系出身的人，如果連這個都不會，那肯定是「白讀」的了。三不五時，就會有人興沖沖找我寫對聯、作詩詞，然後又悻悻然咕咕囔囔而去。對聯我還是可以胡謅出來，可詩詞牽涉到平仄、對仗等格律，我也是曲子縛不住的那種人，所以都未能應命。這就招致到不少冷言冷語，尤其是自任教職以後，中文系教師居然不會寫古典詩，不但會被笑掉大牙，甚且成了種罪過。

我是寫現代詩出身的，儘管缺乏才氣，也還能湊幾句別人，甚至自己都未必看懂的新詩，但要我寫古典詩，我就得去重修一下詩選課程了。不過，還是仗著我「不服輸」的個性，我開始學習寫古典詩，展開了我的學詩之路。如今雖然還難入方家法眼，但唬一唬外行人，倒也還能搪塞過去。只是，我一直不懂，中文的領域，其實就是中國文化的領域，範圍既大又廣，學者各有專精、偏好，到底是誰規定非得要會寫詩填詞不可的？

不過，能寫詩填詞作對聯，還真的會讓人肅然起敬的，如果能再筆走龍蛇、鐵劃銀鉤，那可真真了不得，是現代社會中可居的「奇貨」了。可惜的是，我的字歪歪扭扭、狗爬雞蹦的，永字八法，無一得法。如果說我讀中文系猶有憾焉的話，大概應該就是「書法」一道了。

也許是年輕時因為讀中文系受了不少現實上的挫折，有一陣子，有相當強烈的「男怕入錯行」的憂懼，曾發狠道，「以後小孩要讀中文系，我一定打斷他的腿」；可這麼幾十年過去了，中文系未曾負我，我實愧對中文系，讀了聖賢書，卻連起碼知識分子該做的事都做不到幾分，倒是沒什麼好怨嘆的了。如今退休，往事皆空，也無須再作任何計較，但眼看著幾十年來省吃儉用積累下來的，滿屋子的藏書，後繼居然無人，送既是捨不得送，賣又唯恐遭人恥笑，有時還真希望當時小兒子是念中文系的。

小兒子個性比較像我，愛讀書，什麼亂七八糟的書都愛讀，我收藏的古典、武俠小說，家裡除了我之外，他就是知音。當初考大學，我左思右想，決定依他的興趣，建議他去選中文系。可他卻受了同儕的誘導，還是社會「無用」之類的論調，選擇了熱門，但卻絲毫不感興趣的科系。結果是問道於路旁，邯鄲人學步，最終連他原來最喜歡的文學都拋閃開了。

這一點，他真的是毫無乃父之風的，想當年，老子我可是排除萬難，孤注一擲，非中文系不讀的！

夢幻台大

說實話，在我高中四年及以前的學生生涯中，「台大」對我來說是陌生而遙遠的名詞，連作夢都不曾出現過，可我卻無比幸運地居然混進了台大，而且大學四年，碩士三年，博士八年，一輩子的青春，就在椰林夕陽、杜鵑叢花中悠悠而過。偶爾回到母校，我會盡力睜眼去搜尋過去曾經有過的行跡，在哪一叢杜鵑花樹下，我吻了我的初戀情人；在哪一種夜色之下，夥同室友去偷敲傅鐘；在文學院的哪一個角落，我與夫人就此情訂終生；在傅園的哪一棵花樹下，看到女詩人方娥貞以驚豔的口吻，告訴我她發現到世間如何可以如詩意般的美好。台大如詩，可我的眼睛，卻始終無能捕捉回那段過往的最燦爛的時光。夕陽漸落，我也將老，再也譜不出如歌的行板，點不起黃昏裡的一盞燈；青春如畫，可我的拙筆，也再難以鋪排出當年草草花花、煙煙雨雨的錦繡了。

世事一場大夢，人生幾度新涼？我無心步入了這個夢境，有如進了太虛幻境，然後從夢中走出，驀然回首，才發覺這一夢境，竟是如此的真實，因為我的悲、我的歡，我的離與合，都在其間流淌著與我共始終的點點滴滴。

一個偏鄉的小孩，成績約在中等，還留過一次級，居然能有機會以第一志願、系狀元的身分，進入從來不曾夢想過的台大，可以想見到，這是多麼大的激勵與鼓舞？我的第一步，就是在書展中買了一本自認為準台大生必讀的《台大人的十字架》，意氣激揚地願以承擔此一責任自居。掀開扉頁，傳斯年的壯語，「奉獻這所大學於宇宙的精神」，就赫然映現於眼前，這負擔是何等的沉重，又是何等的光耀？我無端就編織起無數「舉頭紅日近，迴首白雲低」的美夢，大有「立馬吳山第一峰」的睥睨，頗讓我志得意滿地度過了一個稍嫌漫長的暑假。我是多麼期待正式成為台大人的日子！

可初入台大，這個輕飄飄的美夢，很快就被捏得粉碎了。在群英畢集、人才濟濟的台大校園中，不過僥倖以較高的分數錄取、素乏真正實力的我，真的算是老幾。姑不論系裡的學長及同班同學，個個都見多識廣，才情英發，尤其是班上一位據說是清朝名臣沈葆楨後人的女同學，琴棋書畫、經史百家，簡直如數家珍，頓時讓我氣沮志喪。而當時我住在工學院的宿舍，連理工科的同學，對當時的現代文學，皆能侃侃議論，一出口，就是一連串我所從來未有聽聞過的作家與作品。我從雲端立刻墜落於泥壤，開始質疑自己過去的日子是怎麼無謂的混過來的。有好一陣子，我雖如同大多數的新鮮人般，難免喧騰著笑語，但內心實則是惶恐與糾結的。我好像誤入叢林的家兔，來到一個我不應該來的地方，舉目茫茫，不知應往何方。

我是個讀書向來不求甚解的學生，從小學到高中，求知的眼光，從來沒能夠跳脫開教科書的範疇，唯一的外騖，就是閒來無事的時候，津津有味地在古典說部和武俠小說中作我青衫白馬、傲笑江湖的夢想。漫長的三個月暑假，我唯一成就，就是將住家附近的武俠小說出租店中所有的武俠作品全都借閱完畢。我根本不曉得中文系有如許寬廣的世界，想當初拔劍四顧，意氣飛揚，如今卻連劍都不知遺落到何處去了。我踡屈在傅鐘之下，蹁縮在傅園之中，椰林大道如此平直，我卻連一步都跨越不出。何昔日自認的芳草，今直為此蕭艾也？

但給我最大衝擊的，倒還不是來自於這些天子驕子。一群馬來西亞的僑生，年紀每一個都比我小，遠渡重洋，在台灣創建了一個有聲有色的詩社。在課堂上，他們引經據典，縱論中國現代文學的鏗鏘有力聲調，簡直讓我聽了目瞪口呆，予何人也？怎麼能夠不自慚形穢？我真的被震撼到了。

我捫心自問，生平極少可稱道之處，就是一股「不服輸」的拗勁，還差可告人。看別人打棒球、網球，看別人登山臨水，說什麼我也得參上一腳才甘心。予何人也？我就是不相信我做不到。

於是，我真的發憤圖強起來。過去，我讀書是從來不開夜車的，高四考大學那年，更是固定每晚十點就寢，還必看八點檔的《保鏢》連續劇，每週一部武俠小說；可大一那段時間，我埋首書堆之中，寢室熄燈之後，就索性到餐廳別開戰場，甚至帶著枕頭，看累便睡，直到被用早餐的同學驚醒——一直持續了好幾個月。我像一隻饑餒了數百年的餓獸，瘋狂的將一應可以充填我腸胃的東西，狠命塞在我肚腹之中。然後，我寫文章，去參加了「神州詩社」，在被批判得遍體鱗傷之後，回來，再繼續寫。一整年下來，才算逐漸對自己恢復了一丁點的自信。儘管我後來疏遠了「神州」諸子，但至今仍然感念著當初他們對我的提撕與鞭策。

原來夢幻似的台大，在夢碎之後，才真正開始真實且踏實起來。

就這樣，從大學到博士班，屈指而數，一去十五年，連指頭都不夠數用了。我也從慘綠少年，逐漸成長，直到為人夫、為人父、為人師，我一生中最青春的歲月，就在椰林道上、杜鵑叢中、夕陽的餘暉下，悠悠而過。

想起來，說起來，這還真有點夢幻的味道，真的有過，但卻又彷彿不是真的。身為台大人，是享有略嫌過多的社會榮寵的，台大真的是一流的學府，但夤緣得入台大的，其實未必如一般人所想像中的，都是一流的人才，而即便就真的是一流的人才，也未必就真的有一流的表現。

大學，一般不過就是四年，其實也是很短暫的，在生命的溪流中，不過就是那短短一段可以激盪出美麗水花的驛站，前面的路還很長很遠很坎坷，停駐一下是好的，可總是還得繼續往前行。離了這個站，站裡的風光是不會隨你而行的。每常見到一些台大人，尤其是初入台大的新生一代，以身為台大人而驕而傲，大有人生志業已畢、不可一世的睥睨，總讓我深有感慨，多數人只不過四年，我還十五年呢，那又代表了什麼？

夢幻，當然是無限旖旎綺麗的，但終究只是場夢，終究還是要醒來、起身、跋涉的。

我的夢境較長，十五年，當初也很想長留於夢境之中，但大抵自己也不是什麼樣的一流人才，整頓一下行囊，揮揮手，雲彩就讓它留在那夢幻中了。

往後的日子，我甚少重返母校，也越發感到這個夢境是離我越來越遠，越來越不真切了。點點滴滴，我都還記得，但我知道，就好像〈傾城之戀〉裡的白流蘇，生命中的胡琴，雖曾經咿呀咿呀地奏著台大的旋律，卻也與我越來越不相關了。

台大是一場美麗的夢，但我知道，我還有更瑰麗的夢要編織，在未來。

誤人子弟三十年

人生的路，有時就是這麼奇妙，當初我做不成師大的學生，而後卻成為了師大的老師。

從小，我最美麗的願望就是當一名教師。小時候玩老師、學生的遊戲，都是大哥哥、大姐姐當老師，我只能在下面乖乖地當學生，抄生字、打手心，威風得緊，應該是我當老師夢想的緣起，儘管後來當了三十年的教師，從來也沒能威風到哪裡去。

但是，在我求學的過程中，無論是哪一個階段，都有許多老師對我備加照顧，這才真的堅定了我未來以教師為職志的信念。

但我的路不是那麼的順遂。參加大學聯考，我原先是想以師大國文系為第一志願的，因為上了師大，我應該就可以獲得教職，像我一直引以為偶像的鄭豐喜先生一樣，為人師表。

但是，我的國文老師好心地勸我，並親自打電話給聯招會，確定師大是不招收「四體不全」、「有礙瞻觀」的殘疾人入學的，這對我是一個非常大的打擊，理想夢碎，我在無可奈何之下，只好選擇了念台大中文系。

大學四年，我還算挺認真地學習，成績雖非一直名列前茅，但也差強人意。我曾一度想再闖一次，看師大有沒有萬分之一的機會。但當時師大國文系的李主任，卻當頭澆了我一盆冰冷的水——不可能！我向來是不肯認輸的人，許倬雲先生的事跡，也激起了我另一番雄心與僥倖——高學歷或許也是一條可行的路吧？於是，我決定讀研究所。

大學畢業的那一年，其實我是有機會真正當老師的。那年，新竹中學的史校長邀請我回母校任教，國文科的老師也無異議通過，但因沒有開缺，因此就先安排了我在暑期授課，講明了先兼任，等有缺時就可以補正。就在那一年，我真的夢想成真，當了一個暑假的老師。但當時我已考上了研究所，捨不得放下，女朋友又還在台大讀書，幾經考慮，遂用了「路遠、不便」的託詞，婉謝了師長的美意。這一錯過，就推遲了我正式當教師的十二年時間。就在我望門投止，卻又四處碰壁的那段艱苦日子裡，其實我是常有懊悔的，錯過，是不是往往就是一種「過錯」？

研究所三年，由於經濟困窘，我曾經去補習班應徵作文老師，我沒有作任何準備，臨時登台，我就滔滔不絕地拄著枴杖，當場說明、演示，黑板上寫滿了相關的字跡。當時我是相當有自信的，但結果卻大出我意料之外，未有錄用。這算是我第一次受挫了，但也並沒有在意，因為我也志不在此。

考上博士，系裡安排我們新科博士生教授「大一國文」課程，也在文化、實踐，兼了幾門課。我終於當上了老師，還請領到教育部的講師證。雖然只是妾身未明的兼職，卻也盡夠我竊喜萬分了。第一次面對大學生上課，尤其是當時文化的那一班學生，年紀與我相近，甚至還有歲數比我還大的，心中緊張，上台、張口，竟突然連一句話都說不出來。我立即轉過頭，在黑板上一筆一畫地寫下我的名字，想到了孟子所說的「說大人，則藐之」，「這些小毛頭，講錯了他們也未必知道，怕什麼！」於是，我悠然轉身，就成了一個伶牙俐齒、能說會道的堂堂教師了。

印象中最深刻的，是在台大的第一節課，在洞洞館上課，我口若懸河，又寫又講，兩個小時滔滔不絕，從古到今，一氣呵成。講畢下課，居然全面響起不絕的掌聲，剎那之間，我是備覺教書這一事業，真的是我一生中值得堅守的。但這也是我唯一的一次，在往後三十多年的教書生涯中，竟就成為絕響了。

八年讀博，八年兼任，我自問是傾我所能，盡我全力去教我的學生的。至於學生收穫如何，如人飲水，各知冷暖，在這裡就不好自己吹噓了。

但兼課畢竟不是長遠之計，我仍然四處鑽門路，希冀能謀得一份正職。在某專科學校應徵時，校方除了要我們繳交相關資料之外，還別出心裁的，要我們當場寫一篇自傳。我在一小時內寫了洋洋灑灑的二千多字。面試時，校長親口稱讚我，我的成績是最優的，作文也寫得又快又好。這讓我心裡充滿了希望。但是，結果如何，想來也不用我說了。後來我問了同時應聘而入選的朋友，他跟我說，校長很欣賞我，想用我，但副校長不同意，原因是我實在「望之不似人師」，只能抱歉。

這對我打擊之大，是無可比擬的，人生的灰暗，幾乎讓我難以自持下去。當時長子甫出世，望著他那可愛甜美的笑容，我竟有泫然欲泣的辛酸。我不願就此屈服，心想，高中職至少應該還有機會吧？於是，我很積極地，除了寄履歷外，更親自登門毛遂自薦。一個著名女校的校長，在破例接見後，對我大加稱揚，說什麼我是年輕人的「楷模」，聽得我飄飄然起來，大是窩心，也深有信心。但是，最後她卻以「沒缺」婉拒了我。我很不服氣，因為這是一位學長臨時辭職，特別叮囑我去面試的。豁了出去，「假如有缺的話呢」？她遲疑了一會，很坦誠說道：「還是不會用你。」我問，「為什麼？」她說「怕學生受到影響。」我說，「影響有正面也有負面，您認為我的影響是正面還是負面的？」她一時難以回答，遲疑良久，才說，「無論是正面還負面，我們都不歡迎」。如此一說，我自然知道箇中緣由，只好無言告退。接著就是另一次屈辱的經驗。

一間私立高中，開學在即，一位國文老師臨時出事，登報徵求代課老師。當然，書面資料很快就被認可，對方給了我一週十六堂課的課表，要我去報到，並領取課本。我興沖沖而去，在教務處說明來意，承辦人員進去通報，出來回我說教務主任不在，要我稍待一會，可我眼角卻瞥到一個人影，從後面的門溜了出去。隔了二十分鐘以後，教務主任一見到我，立刻就說他們要的不只是代課老師，而且要帶學生課外活動的，當面就回拒了我。我真的很屈辱，他說我沒有自己先說明身體狀況，其錯在我，如今想起來，真的有點像管中閔一樣，可是，你們也沒規定要先自己檢附體檢表吧？我自信是能夠勝任教師這一工作的，但整個社會，顯然從來不肯給予相信。我常想，鄭豐喜的經歷，不是社會上屢經讚揚的嗎？莫非其實都只是個樣板？汪洋中的破船，有幾艘能夠靠岸？有哪幾個港灣願意讓它停泊？

在這段時期中，也還有幾次不愉快的被拒經驗。老實說，我都已練就一份「厚臉皮功」了，只發願能有一個「如有能用我者」的機會，雖然一直沒有。

這直到我取得博士之後，情況才稍有改觀。畢竟，台灣社會的確在這幾十年間有長足的進步，對殘疾者的優容度夠高夠大，我首先在淡江取得了教職，並在十五年後，峰迴路轉的，竟然成為師大的教師。人生的路，有時就是這麼奇妙，當初我做不成師大的學生，如今卻成為了師大的老師。

我所開的課，除了必修之外，多數是一般中文系較異類的課程，往往乏人問津，得耽心學生選課人數不足的事，所以經常羨慕那些叫好又叫座的同仁，但也偶爾會慶幸可以減省許多照管學生的時間與精力。我算是個「雜家」，經史子集、古文詩歌小說，樣樣都通，但也樣樣都鬆；但有個原則，除非我能夠從頭到尾，在沒有任何教材、講義、書本的輔助下，講上一個學期或學年，我才敢開。我上課常是兩手空空，就靠著幾隻粉筆、墨水筆，又寫又講，一口氣呼呵而成的。剛開始的前十幾年，我還可以支拄著枴杖，站立講說、寫滿板書，甚至走到課室中間，與學生互動；可年紀漸大，雙腿漸漸乏力，不耐久站，就只能坐在講台後面撥弄唇舌了。唯一能稍感安慰的是，我聲宏音大，從來不必假借麥克風，也能讓我的話語響遍整個課室。

我不是「殺手級」的老師，也鮮少點名；所出的考題，從來沒有標準答案，因為我要的不是答案，而是這個答案是怎麼推論出來的，所以分數看得很緊，能獲得九十分以上的，往往只有寥寥可數的幾個，風評之不佳，也是可想而知的了。

就這樣，任教三十年，門生桃李，各自開花結實，雖不見得個個是天下英才，卻都欣見其能有所成長，至少不會讓他們有問道於盲的遺憾。我非常珍惜我這得來不易的工作，也從來是戰競戮力，以不負人、不愧己，為我教學的準則。

我始終將教師一職，看作是神聖的，正因神聖，所以用心，十八般武藝，我是全心全意，傾囊相授，巴不得一股腦地全都傳輸給學生。如今退休了，絳帳已撤，講席闃寂，誤人子弟三十年，才驚覺到，教師固然是神聖的職位，自己卻從來還只是個凡夫俗子，說起來真的有點慚愧。

想起當年種種，尤其是最初教學那幾年，每逢開學，就不禁熱血沸騰地雀躍；想起當年處處碰壁的百般挫折，卻不正是：子弟未曾誤我，可我卻誤了人家的子弟。

龍的傳人——記一九七五年那一班

這是我三十年前所寫的一篇文章，投稿於《青年戰士報》，編輯已擬採用，並製版排定；但主編因〈龍的傳人〉是李復建所唱的禁歌，就徑直取消了。多年後，曾在《立報》發表。當時只有手稿，幸得秋華同學倩人打字，得以重新面世。

龍在中國的傳統中，是一種頗神聖的動物，有時候，龍甚至代表了中國傳統文化中的某種特質，其象徵意味是極濃厚的。對一個肩負著傳統文化薪火的中文系學生而言，對「龍的傳人」一語，應該有當仁不讓，捨我其誰的豪氣才對。

龍的傳人，是我們心中曾默許過的。因此，在章節的標題上，我也採取了最能夠闡釋中國文化精髓的《易經．乾卦》爻辭做引子：潛龍勿用，指一群剛出高中校門的莘莘學子；見龍在田，則指初來乍到之時；或躍在淵，是我們在此片園地中耕耘時，笑與淚的凝結；飛龍在天，雖不敢說以此為飛黃騰達，畢竟，它是我們共同的期許！記得《莊子》上有屠龍的故事，一個龍師學得了屠龍的技藝，而世間無龍可屠的寓言。《易經．乾卦》上九文辭說「亢龍有悔」，我不忍將其列文章節之一，畢竟，學無所用的中文系同學已經太多，我又怎狠得下心，作這種「文讖」？只願，飛龍在天，將不會只是個虛渺的嚮往而已！

初九、潛龍勿用

這個時候，我們誰也不認識誰，天南地北，甚至海角荒陬，都各自埋首在書堆中，孜孜業業地和那片廣大的領土，以及自古以來悠長綿亙的歷史搏鬥著。

假如，那綿延不絕的歷史，是一條條神祕而夭矯的龍，那麼，那片領土上的高山長河，便是一道道奔流著的血脈，而那道蜿蜿蜒蜒的長城，則正是萬里之長的龍脊。

只是，我們所認識的，不過是一片一片的鱗爪，誰也不曾夢見過那條龍的全貌，目睹它遨遊於九霄的神姿。因為我們從來不曾妄想過，更不知道有朝一日，我們居然能夠成為一個傳人，承肩著龍脈，奔放著血流！

或許是符號的限制，我們只能看到跳躍著的黑字、框框內的線條，以及流火的七月，在豔陽下的一方方長格子。飛龍在天，遨遊在遙遠的國度。

雖然連夢都不曾出現，但是冥冥之中，似乎我們的血脈早已是隱隱相通了；在激烈與艱苦的搏鬥之中，汗珠所凝，逐漸地顯現出了一點模糊的形象。

於是，自東而西，自南而北，各路的英豪莫不齊聚於此一盛會之中，在堂堂之陣，正正之旗的指引下，做一個龍的傳人。

九二、見龍在田

「憶昔午橋橋上飲，座中都是豪英」，一個個，一雙雙，三三五五的，有的跨海越洋，有的千里負笈，都出現在一個偌大的園地中，笑著，鬧著，悲哀著，哭泣著……浸潤在滿是奇花異卉的芳馥中，汲取自此一殿堂中締構出來的汗與淚。

我們的確沒有料到會成為龍的傳人，但是時勢又使我們不得不欣然接下這一使命。巧的是領導全軍的將領，是位姓龍的先生，而本班的龍頭一號，又偏偏是姓龍的同學，彷彿在生命中，我們就注定要成為龍子龍孫了。

初來乍到，總是洋溢著無比的興奮，在校園中恣肆地嬉鬧，就好像一頭癩龍，興沖沖地在爛泥中打滾，從來不曾想到要刻意地修飾自己一番。或者說地龍（泥鰍）會更神似一些，大夥兒一個勁地鑽，逢隙便入，誰也不知道際遇將會如何。自然總免不了有誤入桃源，撞得頭破血流的癩頭龍了。

那時候，前前後後加起來有十七條大野遊龍，其中有一半以上是名副其實的遊龍——游過了碧藍海峽，滿腔濕了水的語音，唸唸有詞地將荒腔走調的國語「丟」來「丟」去——只有七條是正宗土產的遊龍，算是「遊必有方」的；另外有三倍之多的龍女。龍之一字，在眾遊龍的倡議下，本認定是除此一家，別無分號，唯有此處才是正宗的，其他皆屬「別龍」一脈，視之為鳳的代稱，一心以為可以藉此票上一齣「遊龍戲鳳」的喜劇，可奈勢單力薄，不量力而度德，在一番丟盔棄甲之後，只得打消了這個「龍鳳配」的旖旎念頭——致使當初外頭只知本班聚有彩鳳，不免將一干遊龍視為烏鴉了。或許正因如此，遊龍與龍女之際，多次轟轟烈烈的雷擊電閃，都幻化成「出師未捷身先死，長使英雄淚滿襟」的淒涼下場。遊龍們一宵酒醒，不免彼此互指，浩嘆慧眼不存，不知情之所鍾者，正在我輩！

「龍生九子，個個不同」，身為龍的傳人，何嘗不是地靈人傑，各有所長？性情所至，境遇加之，許多可歌可泣的故事，便如五色耀眼的杜鵑逢春怒放，開遍整個校園。

在這裡，卻也不得不請他們披上龍甲，粉墨登場的「見龍在田」一番了。

九四、或躍在淵

故事總有高潮與低潮，頭一個亮相的龍生得龍貌堂堂，頭角崢嶸，雖然略嫌飲食不足，卻是個道道地地、翻江倒海的一條瘦龍。

一登場，瘦龍便是以翩翩安公子的形態出現，一頭長髮瀟瀟灑灑地披向一側，大有飄逸出塵之概，配上一付輕輕巧巧地懸在天庭之下的黑邊眼鏡，十足是飽學多才的典型；再加以滿口尖牙利齒、能言善道，不知偷偷贏得了多少龍女的歡心。大抵瘦龍本意也擬在眾芳之中，揀取能配上安公子的金鳳、玉鳳的，可惜是事不諧終，兵敗如山倒，雖是屢敗屢戰地信心十足，歡欣畢竟只是歡欣，而不是芳心。

有次夜深酒闌，回想起當年勇者，不免替瘦龍屈指算來：趙錢孫李、周吳鄭王……足足有十次之多。大笑之餘，不禁由衷佩服瘦龍這種勇者不懼、博愛能容的偉大襟懷！更欣慰的是皇天有眼，苦心不負，金鳳、玉鳳的夢想雖早是鳳飛杳杳，畢竟仍有天外佳鳳，青睞獨注，有鳳來儀，一齣龍鳳配的宿願，總算得償了。

據瘦龍所言，他最得意的是《易經》一門，雖然六十四卦的卦名還不甚了了，手執六個銅板，居然也能卜卦陰陽，推占吉凶，頗有鐵嘴的架勢。他最得意的名言是：「由拱豬中推究出《易經》變化的道理。」因此，不免於此道力加鑽研，於是一豬一羊，竄躐於整個「龍場」，甚至下課十分鐘，也見他聚精會神地在圍捕。夫子們瞠目結舌，不免「子曰」了幾番。他雖是謙受在貌，心裡卻是振振有詞，以為此道不誣呢！的確！五十二張牌分為四分的概率是無窮無盡的，何況又加上了若干人為的因素。這與《易》理的生生變化，未嘗沒有相通之處。只是往事已矣！不知瘦龍在苦研精鍊當中，又悟通了多少天人之際？或者，已從其他更繁難、更複雜的機率中，研創出更精奧的《易》學原理？

回首難忘，臨風懷想，正不知瘦龍今夕何在。

瘦龍一向是飄飄若出塵之仙的，與他相得益彰，配成一對寶的，是其大若垂天之雲的胖龍。

胖龍在龍族裡，是舉足輕重的一位，這不僅僅指他的身分，也指他的身軀；比「魁梧」稍稍膨脹了一些的他，與瘦龍加起來，該有四人分吧？方方的臉，鼓鼓的腹，比之瘦龍的瀟灑，別有一番風味；再加上一臉的道貌岸然，頗足自成一格。

胖龍一開始便是個靈魂人物，十七條大野遊龍和五十位龍女間的感情，就是他一手

「提拔」出來的。自然，其中免不了幾齣喬太守的新案，但一時之間，倒也頗為熱鬧。可惜的是，他功未成而身先退，「將軍一去，大樹飄零」，整個未完成的堂構，一舉倒塌，壓得幾條遊龍遍體鱗傷。

別看胖龍身材是「超魁梧」的，他的心思之細膩，卻不下於龍女們，十七條遊龍中，偏就只有他看不厭那些希奇古怪的甲骨文字，以及南腔北調的語言聲韻。想當年，他還收錄了不少願附驥尾的龍子龍孫呢！

他是瘦龍《易經》研習會的當然會員之一，S、H、D、C的生剋變化，亦深造有得，怕已不在瘦龍之下。只可惜口齒不若瘦龍犀利，還不敢公然擺攤賣卦。聞道有先後，術業有專攻，後繼有人，恐怕也無法搶去瘦龍的鐵飯碗。

根據，「路邊社」傳來的消息，胖龍還有一段頗為祕密的羅曼史，不知是和哪一位龍女共締造的，然而卻缺少了一段下回分曉，料想便是吃虧在口齒稍嫌不伶俐了一點點。

而今，胖龍早已成家立業了，勾著小指頭的祕密，已是他心中永恆的記憶。只是，胖龍，想起往事，你只莞爾一笑，還是喟然而嘆？

校園中的社團極多，但是最具有影響力的社，是一個祕密會社——那就是鼎鼎大名的「路邊社」。它的成員極多，幾乎每一個人都會有心無意地在其中軋上一角，當然我們那些龍女們，很榮幸的，不自外於此。有關龍的故事，也就不知不覺地的飄入耳中，藏在心底。雖然有時候會因傳聞失實或其他因素，而使人心中怏怏，甚至有張冠李戴的糗事，但是，時隔地遠，如今回想起來，那些蜚短流長，卻也別有一番滋味。

最深刻的記憶便是由路邊社烙下的。那時候，一位過江龍女（因為她是猛龍過江的氣勢，令人見了便氣懾三分），該是社中台柱的台柱了，很為這個廣播事件不得人家的諒解。於是幾條遊龍便聯合起來抵制，相約不准任何人提到她的渾號，輸者罰五包生力麵。於是，在萬不得已之下，「那個人」便成了過江龍的代稱。自然，這不過是個遊戲罷了，終究遊龍們還是忍不住將她的名字掛在口中。也許是捨不得啦？最後遊龍們彼此鼓勵，若有人能與她結成有情眷屬，其他人便包辦全部酒席。可是，而今過江龍已是羅敷有夫，有志的遊龍，也只好眼睜睜地等她還君明珠了。

「路邊社」的消息是無孔不入的，連一向默默無言的嬌龍，也流傳了一則感人至深的愛情故事。

嬌龍是名副其實的嬌小玲瓏，既文靜，又乖巧，真可說得上是宜室宜家的淑女；可惜卻偏偏碰到一位不解風情的魯男子，使得她滿懷熱情，付諸東流！據輾轉而來的傳聞報導，那位魯男子是一位才子型的書呆人物，生平對鼓盆而歡的莊子最引為知交，渾不解情字的箇中滋味，整日道呀德呀的，看上去有點像梁山伯。或許嬌龍就是欣賞那點痴騃吧？竟十分傾心於他，一直製造機會，讓他表現一下，誰知這位魯男子居然無動於「哀」，使嬌龍又是生氣，又是傷心。好容易採取了眾軍師的建議，下定決心，要強烈的「暗示」一番了，卻又傳下了幾句有趣的對白；

「書呆！我最近覺得好煩好悶，不知道該怎麼辦才好！」

打扮得清新脫俗的嬌龍，用溫柔而誠懇的音調詢問著。

「奇怪！我怎麼一點都沒有這感覺？」

書呆一面搔著頭，一面踢著汗衫、短褲之下的拖鞋。

「我好想出去走一走！」

「好啊！校園的景色不錯，你可以去走一走嘛！」

「那——你呢？」

「噢！我要去圖書館。」

於是，一齣喜相逢竟誤演成了樓台會。就是這樣，嬌龍回去哭了小半天，下定決心，再也不理那書呆。最後在傷心與失望之餘，只好放棄了夢中的白馬王子，而選擇了突然躍出的黑馬文才。

路邊社消息傳來，幾條遊龍撫膺切齒，遂大興問罪之師，鳴鼓圍剿，才曉得書呆打死了還是書呆，他居然不知道有這件韻事！

嬌龍！嬌龍！這件事教我們怎麼說呢？傳統中的書生都薄情慣了，且讓我們為妳長嘆一聲吧！

最能體會到「路邊社」的酸甜苦辣的，恐怕就是那條蟄龍。說得含蓄點是蟄龍，實際上就是一條大懶龍、大睡龍。提起他的睡功，可稱得上是轟動龍族的了，上自師長，下迄學弟妹，沒有一人不驚懾於他那「隨遇而安（安歇）」的本領的。日上三竿，依舊擁被高臥，是他的家常便飯，不足為奇，大可略去不說；大概沒有一堂課，他老兄不把講堂當臥房的罷？打瞌睡也罷了，興之所至，他索興敞開聲帶，呼呼地打起鼾來，與老師授課的聲調分庭抗禮，十足是龍族裡的陳摶。

睡龍生成一副矮相，瘦巴巴的，或者是練睡功不得其法吧？與他的渾號壓根兒配不起來。但是卻長得眉清目秀，雙眼骨碌碌的，靈活之極。據他自命，是所謂的丹鳳眼，臥蠶眉，且居之而不疑。但是大多數人都以某種怕貓動物的雙眼目之。他常為此大嘆世上魚目混珠的人太多，偏偏就沒有一個是有慧眼的。

他是個老饕，只要能吃的，絕對不肯輕易放過，常自言「什麼都吃，就是不吃虧」，頗以此沾沾自喜。的確他也很少吃虧。「據說」這和他「頗有才子之風」的評語有關，幾乎什麼事他都懂一點，以此結交眾人，真是打遍天下英雄無敵手。可惜的是「才子之風」下頭少了一個「流」字，因此，在情場上雖是身先士卒的先鋒第一號，卻也是淚灑沙場的第一個。

在眾遊龍中，若要挑選一位最具有「龍的傳人」的味道，而且對千古以來那條神祕夭矯的龍，捉摸得最清楚、研究得最透澈的，據眾家龍男龍女公認，當非木龍莫屬。

顧名思義，木龍的確是剛毅木訥這一類型的人，但是卻與一般匠氣所雕的木龍，大有分別。在沉潛靜默中，木龍隱隱含有風雲雷電之氣，鬚眉鱗爪，無一不奮若欲飛，正像鍾繇所畫的龍，只待春雷驚蟄，大筆點睛，便可破壁飛去，參天而翔了。因此，木龍的木訥，不會因呆板而令人輕視，早在數千年前，孔老夫子就已為他下了個「近於仁」的注腳了。眾龍種們無不默默以待，翹首企盼他一旦破空而去的雄姿。

木龍在學業上，是遊龍中最潛藏「夫子氣象」的人，因之深受若干夫子的賞識；至於在情場上，也由於夫子氣的吾道「一以貫之」，自然不免如王澤漫畫中的老夫子一樣，四處吃癟了。想當初，木龍紅鸞星動時，眾家遊龍兄弟，絞盡腦汁，不知為他設想了多少奇計，卻總是因他恪守正襟危坐的夫子寶訓，而落得功敗垂成的下場。據路邊社傳來的消息，木龍與一位品貌端莊的女孩結識了一年多，居然還不敢去牽她那「好冷的小手」，遑論其他；想來雖然是「剛毅木訥，近於仁」，卻是近不得女人吧？時移世改，忠厚老實的木龍，注定該有生不逢時的感慨了！只不知木龍在大嘆「娶妻娶妻，燒飯洗衣」之餘，中宵夢迴，會不會來個「亢龍有悔」一番？

如果木龍像一座沉穩的山，則神龍應該就是流蕩的河川了，在眾遊龍、神龍中，是最道地的「遊」龍。「神龍見首不見尾」，他的行蹤，是絕難捉摸得清楚的，有時候才見到他在講堂上大放厥詞，一忽兒他便已穿著一套體育服裝，奔馳在運動場上了。前一刻鐘，他可能在你背後使勁一拍，然後一溜煙地絕塵而去。下一刻鐘，他或許便手執紙筆，在充滿詩情畫意的椰林大道上，繼承著詩人的行業了。在行蹤上，神龍是「遊而無法」的，而詩人、小說家、運動健將、禮貌先生的名頭，對他而言，也像是雁渡寒潭，聲過而影不留般的游移不定，沒有任何人敢於斷定神龍究竟是何許人也；甚至，在感情上，神龍也是漂泊不定的，早上才緊鑼密鼓地宣布追求通告，傍晚他便可能攙著另一個女孩子的手，在大談「黃昏裡懸掛的那盞燈」了。除瘦龍而外，他應該是不作第二人想的情場先鋒了。只是，這段祕辛卻鮮為人知，或許這也是他何以稱為神龍的原因吧？煙鎖雲繞，誰能窺其全豹？

點點滴滴、滴滴點點，四年於茲，故事恁地說也說不完的，「或躍在淵」，有躍升的喜悅，也有在淵的辛酸，而龍的傳人，似乎便在此喜悅與辛酸的交織中，默默地肩承薪傳的責任。此地一別，孤蓬萬里，該當是大鵬展翅，飛龍在天的時刻了吧？只是，我還想多問一句：賊龍的「賊性」，是否依舊「老而不死」？

九五、飛龍在天

來的時候，我們不是三分平頭，便是清湯掛麵，曾幾何時，龍脊漸生，龍鱗茁長，當初的癩頭龍、醜小鴨，竟搖身一變，成了真正而道地的龍的傳人，飛上枝頭，作了鳳凰，而自遠古以來的那條龍脈，也居然隱隱地注入我們的血流當中。自茲以往，飛龍在天，傳薪的使命，諄諄地勸勉我們，當為此一龍脈，無盡無休地，將之散布傳播於同屬於這一龍的國度的人民身上，使億萬的龍種，一一成為忠實篤厚的龍的傳人！

於是

胖、瘦二龍，作為薪傳的先鋒，而神龍、睡龍一齊跟進，甚至賊龍也沾上了一點邊；其他諸龍男龍女為此竭股盡肱，亦所在多有。而夫子氣象十足的木龍，更將為此肩承下更艱鉅的責任，以準博士的身分，發揚學術之光……

無論我們身在何處，料想皆將恪守當日的信誓，不負為一個龍的傳人。

記裴師溥言當年二三事

裴溥言老師走的時候，我一直沒有太多的感傷，因為我知道，年近百歲的老人，終究是會擺脫喧擾的塵俗，回歸到初始的和諧與安祥的。但我心中卻是一直非常感念的，她不但是老師，更像一個溫煦和藹，更帶有點溺愛、縱容的母親，一抹永遠掛在臉上的笑容，一雙鼓勵讚許的眼神，這最是我難以抹滅、印象深刻的。

裴老師百歲誕辰的紀念會，我沒有去參加，因為我知道受過她濡染教導、殷切培植的門生弟子太多太多了，而且不乏在學界卓有成就的名師，我既無緣作入室弟子，又自分庸庸碌碌，無以越門牆而窺其宮室之富麗，所以也就靜默於書齋，看著母系貼發的公告，回思當年與她相處的點點滴滴。

大二那年，我選修了裴老師的《詩經》課，這本來是大三以上才能修習的課程，但裴老師「破例」通融，讓我越級選修。在暑假的時候，我就已決定了修習《詩經》這門課，因此也特別找了藝文印書館的《十三經注疏》加以點校，但我只點了〈周南〉、〈召南〉，面對著那些拐彎抹角、曲為之說的注疏，無論如何都再也點不下去了，一心只想聽聽裴老師上課會怎麼講。

裴老師講《詩經》，的確是讓我大暢胸懷、大開眼界的，她不名一家，左右博取，尤其擅於以民俗講解詩篇。我印象最深刻的是她講解〈衛風．芄蘭〉時，居然說是「童養媳」習俗的反映，儘管我不一定能了解箇中的竅竅，但能如此別開生面、自出一格，卻使我對《詩經》充滿了更深濃的興趣。我開始去找裴老師所寫的《詩經欣賞與研究》來讀，每讀一篇，都為她深廣度兼具，而又機趣洋溢的解說而傾倒，在課餘的時候，更不時會到她的研究室請益。

我與裴老師的談論範疇很廣，不限於課程之內，但多數都是她「傾聽」，偶爾「神回」一句，就讓我如醍醐灌頂，深有感悟。當時我年少輕狂，於人事多有臧否，直抒胸臆，裴老師總是含笑睇聽，從來不置可否，對我的任性妄為，無限包容，師生之間，歡洽到日頭落山猶不自知。

也就從這時候開始，年少時期的「作家夢」，開始褪色，我對論文寫作產生了莫大的興趣，甚至還大膽地寫了一篇〈孔子刪詩考〉約五千字的論文，請她指正。這篇論文，當然是錯誤百出的，但經她隨意提點，就讓我了解到論文寫作，絕不是我所想的這麼簡單，這無疑是對我後來的學術研究，有不可言喻的警醒作用。但當時我對經學的研究，興趣缺缺，因此後來雖在研究所時也修習了她的《詩經研究》，卻只能說是草草一過，蜻蜓點水而已。不過，對《詩經》的興趣，直到後來身為人師，卻還是無時卸放的。

大二時，我還選修了裴老師的《歷代文選及習作》課程，這時，是開始要寫文言文的時候了。第一篇堂上習作，題目我是忘了的，我只記得我是「故意」模仿歐陽修的〈醉翁亭記〉，每一句的句末，不管三七二十一，都加了個「也」字。這當然是難以卒讀的一篇爛文。裴老師上課的時候，特地拿了我的作文，當負面範例作解說，邊唸邊笑，讓我窘得無地縫可鑽。我是不拘繩墨慣了的，但卻不是不懂繩墨規矩，相信裴老師也是一定明白的，因此，第二篇以後，我就中規中矩而寫，居然在期末得了一個「進步獎」，卻是意外之喜了。

裴老師上課，是相當活潑而生動的，課程範圍之內，固然是旁徵博引，但在範圍之外，更是隨機點逗，觸處生趣。當時我熱衷於燈謎，在課堂上不知怎的，竟突然岔出到猜謎的事，裴老師一聽，立刻就在黑板上寫了「普救寺，草離離。空花園，或借棲。老夫人有病頭難起。一炷香，卜禱神祇。暮日已沉西。張生長別離。雖有約，誤佳期。錯認了白馬將軍來矣」，要我們猜射《孟子》一句，謎底是「晉國天下莫強焉」。這是「離合格」的老謎了，但大概全班就我能射中，讓我訝異的是，裴老師居然連《西廂記》都如此熟稔，行雲流水地就能將這麼長的文字都寫出來。其實，我後來才真正知道，裴老師是十八般武藝樣樣精通，一點都不稀鬆的。

裴老師上課，雖風趣而不失嚴謹，為人甚是熱心，我還記得那年裴老師的令弟參加增額國代還是立委的選舉，裴老師拿著宣傳單，到處發送，逢人便推薦她優秀的弟弟，我每常看到她略為豐腴的身軀，在校園的大太陽下奔走，額頭臉上，都是汗漬，不免有些心疼。後來她的令弟是落選了，我問裴老師怎麼看，裴老師不改向來樂觀、風趣的態度，「選不上有什麼關係，反正有盡力就足夠了」，這分豁達，是足以讓我一輩子學習的。

裴老師是中文系的老師，因此最喜歡抓錯糾謬，記得當時學校為了防止機汽車暴衝，在椰林大道上設了橫障，旁邊立了個「路面突起」四字的警示標幟，裴老師認為應該寫成「路面凸起」才對，為了更正這一錯誤，她追根究柢，三番五次地跑到總務處，要求他們改正過來。裴老師的為人，原來和她的治學一樣，就是這般的嚴謹不苟的。

這些都是將近五十年前的如煙往事了，彼時我還是年少青澀，而裴老師則正當盛年，歲月飄忽，賢哲既往，而我也年近老邁，但往事歷歷，猶在目前，撫今思昔，難免不為之悢愴。多情應笑我，華髮滿頭，猶是感懷難已。

「倚天」舊事

夫唯不爭，故天下莫能與之爭——《老子》第二十二章

「屠龍刀」、「倚天劍」是金庸武俠《倚天屠龍記》中饒具象徵意義的神兵利器，「武林至尊，寶刀屠龍，號令天下，莫敢不從；倚天不出，誰與爭鋒？」從偈語的寓意來看，實際隱含著一番江湖霸業的爭奪，武林風雲再起，群雄角逐，看是誰家天下！

這原是武俠小說裡「爭霸」模式的故套，金庸的武俠小說每有創意，刻意將舊有的模式翻空出奇，「倚天」、「屠龍」兩柄神兵，竟成為襄陽城破之日，郭靖、黃蓉祕藏《九陰真經》與《武穆遺書》的寶刃，擁有《武穆遺書》者，可藉之開創事功、建立王朝；而習得《九陰真經》者，則俠心義膽，可以監督為政者，萬一為政者倒行逆施，則不妨「以利劍刺之」，「為國為民」一番。如是的安排，別出蹊徑、創意十足，卻不免猶有破綻。試想，「倚天」、「屠龍」必須互擊、迸斷後，經書方能面世，則經與書豈不

皆歸於同時擁有兩柄寶刃者之手？則又何從監督？利劍何由下手？而可笑者是，武林中人妄圖爭霸，為屠龍刀中的兵法書《武穆遺書》捨死忘生，而高懸於峨嵋、武當，足以習得震古鑠今武學的《九陰真經》，卻是未聞有人敢於嘗試偷竊、盜取或爭奪。

大抵世人皆目迷於創業立功，爭霸圖強才是當務之急，而於真正「為國為民」者，鮮少措意，故「屠龍」騰熱，而「倚天」冷落。「金學」研究已有多年，而未聞多少人於「倚天」、「屠龍」之事多所闡解，可知武林中人固是淺見短視，而讀者亦未能真正窺察精義。

武林爭霸，向可視為企業界角鬥的寓寄，在金庸小說風靡一時的潮流中，許多企業名人大抵都是金庸的忠實讀者，可其中真正讀懂金庸《倚天屠龍記》寓意，並在企業競逐的過程中，具體實踐其理念的，「倚天資訊」的創辦人林榗栓是很值得一提的。

林榗栓是台灣彰化一個大家族成員中的老么，憨厚耿直，帶有濃厚的鄉土氣質，平時待人和善，笑口常開，說話則是一口濃濁的閩南腔；但處事精明而強悍，公私分明，據說員工都對他敬畏有加，完全是道地的企業主形象。他的數學非常好，天生就對數字有過目不忘的本能，圓周率（π）唸過一次，可以清楚無誤地記到一百位。他腦袋裡裝的大概都是數字，所以在台大電機系就讀時，也選擇了和〇與一關係最密切的電子方面發展。不過，文字是他最大的弱點，英文是大五才三修通過的，中文則老是記不得。家中為他取名時，算命先生說他命中缺木，所以選了個連同姓氏含有四個木的「榗栓」，朋友都叫他「阿栓」，但家裡人不太認識這個字，都呼他為「阿全」。據說名字有木邊的，對文學、藝術較為遲鈍，不知是否真有道理，但他在學期間，的確對中國文學興趣缺缺，尤其是對念中文系的男生，頗不以為然。

他比我高一班，住在台大校本部的男六舍。當時，男六舍是規劃成為工學院學生宿舍的，我入學時，由於錯過了抽籤的時機，校方破例讓我這個中文系的學生進住，成為當時萬綠叢中一點紅的文學院學生。由於工學院學生對文學院，尤其是中文系的女生特別感興趣，因此我就成為備受「歡迎」的人物，三不五時就有同學跑來探聽各系裡有沒有出名的美女什麼的。

他與我共住四年，朝夕共處，卻從不曾向我詢問過任何相關的事，整天就看他抱著厚厚的程式書籍「上機」。我不是頂用功的學生，在宿舍裡不是睡覺就是看武俠小說。他每次上機回來，看見我看武俠小說，就大不以為然，老義正詞嚴地訓我：「堂堂台大學生，還在看武俠小說，像什麼樣子！」我一向我行我素，聽了笑一笑，也懶得跟他抬槓，轉個頭，依舊浸沉在我所喜愛的武俠江湖世界之中。當時他大概也沒有想到，後來年紀輕輕的他所獲得的「傑出資訊人才」榮耀，就是從武俠小說中來的。

記得那是一九七七年的時候，台灣的電腦業還在摸索階段，誰也沒有料想到會有如今這般快速而驚人的進展；不過，原來受到政治層層禁制的金庸武俠小說卻已隱隱然有浮出檯面的趨勢。在政治干擾逐漸消退的七〇年代末期，坊間陸續出版了若干改頭換面的金庸武俠小說，由於興趣所在，我不惜血本地在廈門街一間出版社買到了兩套題名司馬嵐所著的《英雄傳》和《天劍龍刀》，回到宿舍，就不眠不休地連看了好幾天，看到精采處，往往還會不自覺地喜笑、拍案或大聲叫好。

就是那一天，我躺在單人床上，開著床頭小燈，正好整以暇、津津有味地看《天劍龍刀》（即《倚天屠龍記》）張無忌脫趙敏靴子的段落，情不自禁地大聲叫絕起來，林栓剛好上機回來。或許是氣不過我老是不聽他的建議，也或許是我的叫聲實在是異乎尋常，他不解地望著我：「武俠小說到底有什麼好看？看你看成這個樣子？我真的不懂！」

我看了他一眼，沒有理會，繼續翻閱著，他忍不住走到我床前，從凌亂的床頭隨手拿起一本，站在床前，一面嘀咕著「我就不信武俠小說有這麼大的魅力」，一面信手翻閱著。他大約站著翻看了五分鐘，然後捧著書回到他的書桌，坐下看了十來分鐘，然後爬上他的上鋪，繼續躺著看。約幾十分鐘後，下了床，跑來問我：「第一集在哪？我要看！」看他那副興致勃勃的認真模樣，我心裡在偷笑，把前面幾集一股腦地塞了給他，「好看嗎？看完再跟我拿。」

於是，他一連三天沒有去上課，無論是坐著、躺著，甚至是上餐廳的時候，都全心全意地盯著書看，我從來沒有見過他讀書讀得這麼專心的。我告訴他，這就是金庸的《倚天屠龍記》。三天後，他全部閱完，才宛如重新回了神一樣，感慨係之地跟我說：「我終於曉得你為什麼這麼愛看金庸的小說了，我簡直無法放下手！」我笑著說：「我還有《射鵰英雄傳》，你要不要看？」他連忙敬謝不敏，說道：「我再看下去會被你害死，我已經三天沒有去上課了；我知道我定力不夠，一定會入迷，再下去我會被當掉的。」他的定力其實是非常堅強的，在往後的一年多，我百般誘引，他都堅持信念：「沒畢業以前，絕對不看金庸小說。」

從我入學以來，跟他相處了兩年多，但真正與他互有默契、心意相通，還是從這個時候開始。後來，我結識了現在的妻子，他也與鄭小姐相識，連同後來與他開創倚天事業的室友黃杉榕與簡小姐、室友施邦築、同系好友蔣秋華，五對情侶，不時聚會在一起，郊遊、烤肉、逛校園、拍照，度過了我們年輕時候最旖旎浪漫的戀愛歲月。

阿栓從沒有忘掉過《倚天屠龍記》，相反的，體會得比其他人更深刻。畢業後他投身於電腦業的行列，當時，中文電腦的前景，關鍵在於中文輸入法和office系統，神通、國喬、龍碟、PE2等系統百家爭鳴，正如武林中個個欲主盟江湖，爭奪霸業，競爭得非常劇烈。他是初生之犢，無懼無畏，「倚天不出，誰與爭鋒」？因此，初創企業，就以「倚天」為名，開創了個人事業的榮景。而公司初成立圖書館，第一套購進的圖書，就是遠景版的《金庸作品全集》。

他的經營策略很簡單，以現在的術語來說，就是「藍海策略」，他突破了當時各系統價格居高不下的框廓，以一元的費用，開放他研發的「倚天中文系統」，迅速地成為擁有九成市占率的知名企業。

擁有屠龍寶刀者，就能成為「武林至尊」，而後能「號令天下，莫敢不從」，是以人人欲爭、個個欲奪；而「倚天劍」不過藏有《九陰真經》，得力處在於自家武功涵養的成長，未必能夠成為「武林至尊」。屠龍刀是競爭的、激烈的，倚天劍則是淡泊的、平和的，這使我想起了老子所說的：「夫唯不爭，故天下莫能與之爭。」此所以倚天可以與屠龍爭鋒。

林樒栓也是淡泊的，後來功成身退，在美國矽谷清閒度日，悠遊自在，臨風懷想，不知道還記得「倚天」舊事否？可嘆我讀了一輩子的武俠書，當年竟不顧一切地在爭，而自己卻都不曉得究竟為何而爭。如今，更不曉得究竟爭到了些什麼。

「神州」憶往

中國啊我的歌
透過所有的牆
向您沉悲的低喚——溫瑞安〈山河錄．西藏〉

也許是異域僑居，久不聞中華禮樂，一九七三年夏天，一群對中華文化、中國文學充滿著熱愛與厚望的年輕人，遠從馬來西亞負笈東渡，來到了他們嚮往的文化原鄉——寶島台灣。

當年，大哥溫瑞安十九歲，以翩翩舞（武）者的美妙身姿，舞動他的俠情，舞動他的夢想，舞出他的豪放與落寞；舞在寶島，舞在神州，舞在他虛擬的國度，舞在他澎湃的胸臆，以〈鑿痕〉這篇帶有點魔幻味道的象徵小說，一斧劈開了他們在台灣短短七年的坦蕩文學之路。神州坦蕩，青年血熱，「**我便是長安裡那書生／握書成卷／握竹成簫／手搓一搓便燃亮一盞燈**」[1]，這盞燈，無疑為七〇年代台灣的文藝青年燃起了希望的火苗。

一九七五年，我剛滿二十歲，違拗了父親盼我學醫從商的旨意，逃避了使我留級的蟹行英文與三角函數，遲迴著來到了台大中文系。我夢想不多，理想也不過是未來當個中學國文教師，沒讀過白先勇，更懵然於黃春明，文學於我何有哉？唯一差強人意的就是「作文」分數一向是手到擒來，以此，選擇了在古文、詩詞裡立命安身。我記誦著「**師者，所以傳道授業解惑也**」，吟詠著「**大江東去，浪淘盡千古風流人物**」，以為這就是腳踏實地了；可是，當溫瑞安那柄巨斧，劃然而下，我連腳尖都還沒有站穩，一切都「**恰似一江春水向東流**」了，我的心豁然開裂，深深的「鑿痕」，「**斧斤鏘鏘，一夜間便枯槁了舊時的少年郎**」[2]。這時，我才知道，什麼叫「文學」！

第一次遇見溫瑞安，只能以「驚魘」來形容。溫瑞安的「出場」，向來是聲勢驚人的。猶記那是樂蘅軍老師的「現代散文及習作」，課堂上原是座無虛席，但當溫瑞安率領著「神州」的一行人進入之後，他們各據一角，爭先恐後地向樂老師提問，口齒之流利、事理之清晰，彷彿間魏晉玄談之精采重現於茲，整個講堂上突然間空廓起來，幾乎只有梟梟的語音婉轉流蕩著。當時「**不知先生何許人也**」，更不知哪裡來的不速之客，同學們結舌瞠目，驚得整個人、整間教室都呆住了。對初出茅廬的我而言，溫瑞安是個「夢魇」，魘魔亂舞，過去我所知的文學世界都成了一場不合情理的夢。我心虛、內愧，惶惑難安，簡直覺得自己根本沒有資格來念中文系。

溫瑞安是五短身材，但威勢沉穩，一站出來就會吸引眾人的目光；話語聲調鏗鏘，雲行水流，似是永不枯竭的泉流；難得的是豪爽而健邁、熱情而誠懇。我也不知道他是如何找上我的，那是一九七五年的聖誕節前後在金山的「長江第二次聚會」，僅僅短暫的兩天一夜行程，卻是我一生難忘的文學新體驗。

當天，「神州」的班底全員到齊了，俊爽瀟灑的溫瑞安、斯文精敏的黃昏星、裂口就是海嘯的周清嘯、木訥忠質的廖雁平、意氣飛揚的殷乘風，以及柔婉如花如月的方娥貞；另外我記得還有曲鳳還、李玄霜、林雲閣、林靄霞，十來個文藝青年，面對著浩瀚的一片碧海，以琅琅的詩聲，激漩著潮聲與海浪的聲音。

我們沒有休閒的雅致與幽情，規律的生活起居，按表操作，欣賞詩歌、討論文學，

1　見溫瑞安《山河錄．長安》。

2　見林保淳〈你當年的名字叫離騷〉。

還要依題寫作。通常是一拿到題目，就急急忙忙找個僻靜的角落坐定，拈筆敷紙，開始絞動腦汁，一字一句都不敢輕易落筆，因為到時候要封緘名字，公開批判與討論。

討論的熱烈是理所當然的，而批判的無情與尖銳，則是可怕而傷人的。初學新詩，我套用了東坡的〈念奴嬌〉與張繼的〈楓橋夜泊〉，而自築自建的檣櫓，不消說是灰飛煙滅了，寒山寺的鐘聲更成了啞鈴。冷汗竄流了我全身肌膚，但熱血卻在我胸膛中澎湃著——時隔四十多年，我還能依稀感受到當時賁張的快意。從此，我自許為半個神州人，直到現在也是一樣。

溫瑞安於我，亦友亦師，他曾細細評析我那些見不得人的新詩，教我如何取捨意象、經營篇章，沒有他，我的文字大概現在還是處在「作文」的層次，難窺所謂文學或文藝的堂奧——這也是我對「神州」最深的眷戀。

但我不是溫瑞安的「兄弟」。

在家庭中，長兄向來是如父的。父親的威嚴、父親的觀點，甚至父親的一言一行，都是不容許冒犯、違逆或質疑的。在神州，溫瑞安是大哥，也是最威權的父親，以下依次序列，井然有條，像煞了《書劍恩仇錄》——這是後來入神州者的必讀書——中的「紅花會」，而且，入會之後，對兄弟是不可背異離棄的。「神州」對這點有異於一般文學性社團的堅持，最痛恨的就是「背叛」。先是殷乘風，再來是周清嘯，都曾因言語齟

黃昏星與我

齬而導致向心力的離散。一九七八年，溫瑞安以「神州結義」為主幹，撰寫了《神州奇俠·蕭秋水系列》，社裡兄弟，一一化身為書中的英雄豪傑，奮力堅持的就是「義氣」二字。但到一九八〇年的「為匪宣傳」事件發生後，神州內鬨，溫瑞安於此耿耿在懷，自《英雄好漢》以下，將一干叛社諸子，幾乎是指名道姓地口誅筆伐，意氣甚是激烈。

我是向來叛逆慣的了，不耐煩所有威權的拘限，所以不曾真的入會當神州的「兄弟」。我始終都還記得，當溫瑞安的《四大名捕會京師》出版之後，我稍持異議，就「慘遭」社裡成員「圍勦」的窘境。居然膽敢質疑「大哥」，當然也就當不了「兄弟」。

這對我來說，或許是更適當的，我心裡敬他為師，而以朋友相交往，讀他的詩、看他的小說，閒時攜帶點禮物去木柵的「試劍山莊」作個探訪，不即又不離，君子之交，其淡也如水。

一九八〇年，神州遭變，此事眾說紛紜，但屬無妄之災，是可以確定的。但說無妄，溫瑞安其實也是心知肚明。當年我熱衷新詩，常寫完一篇後，就請他批閱指正。我寫了一首〈龍的傳說〉，從鄭和下西洋切入，中間特意以「一輪紅日」為意象。溫瑞安一筆畫去，並跟我說，這將會犯到忌諱，因為郭沫若就經營過這個意象諂媚毛澤東。以此可知，溫瑞安對這種事其實是很有警戒心的。無如豪情熱血，向來是一往無前、無所顧惜的，樊籬不該破而竟破，也只能歸於命運了。

一九八〇年的無妄之災後，溫瑞安轉往香港開疆闢土，聲名漸起，儼然從白衣俠少一變而為錦衣「巨俠」了；我則自慚寫作天分才力不足，轉往學術研究發展，相逢無日，僅僅在《台灣武俠小說發展史》上闢了一個章節，評論他的武俠成就，算是小小的有所「交鋒」。

「神州」舊事，都已成了過往，當年意氣風發的熱血青年，倏忽便已老去，台灣的文壇也寂寞了起來。當年舊友，目前還偶有聯繫的，是「劍試天下，捨我其誰」的陳素芳，她是我同班同學，在我淡出神州後加入的，而今已成為九歌出版社的總編；黃昏星，當年瘦削清癯、沉默寡言，但論詩寫詩，卻是一往豪情，如今已稍嫌富泰，而敦厚溫潤，一如當年，也是馬華文學作家中的巨擘了。

現在的溫瑞安，蹤跡如何？似乎很少有人可以直接聯繫或接觸。據聞他在香港、大陸，有許多的粉絲、應接不暇的演講與聚會。只不知，回首四十多年前，如今的溫巨俠還記不記得，當初你寫進《四大名捕》裡的「無情」，臨老因風懷想，其實還是很多情的？

九　歌　文　庫　1370

夜深忽夢少年事

國家圖書館出版品預行編目（CIP）資料

夜深忽夢少年事／林保淳著．-- 初版．-- 臺北市：九歌，
2022.01
面；　公分．--（九歌文庫；1370）
ISBN 978-986-450-381-0(平裝)
863.55　110020286

作　　者——林保淳
內頁圖片——林保淳
責任編輯——張晶惠
創 辦 人——蔡文甫
發 行 人——蔡澤玉
出　　版——九歌出版社有限公司
台北市 105 八德路 3 段 12 巷 57 弄 40 號
電話／02-25776564・傳真／02-25789205
郵政劃撥／0112295-1

九歌文學網　www.chiuko.com.tw

印　　刷——晨捷印製股份有限公司
法律顧問——龍躍天律師・蕭雄淋律師・董安丹律師
初　　版——2022 年 1 月
定　　價——320 元
書　　號——F1370
I S B N——978-986-450-381-0
9789864503872（PDF）